Il contesto

38

Maria Attanasio

Il condominio di Via della Notte

Sellerio editore
Palermo

2013 © Sellerio editore via Siracusa 50 Palermo
e-mail: info@sellerio.it
www.sellerio.it

Questo volume è stato stampato su carta Palatina prodotta dalle Cartiere Miliani di Fabriano con materie prime provenienti da gestione forestale sostenibile.

Attanasio, Maria <1943>

Il condominio di Via della Notte / Maria Attanasio. – Palermo : Sellerio, 2013.
(Il contesto ; 38)
EAN 978-88-389-3058-4
853.914 CDD-22   SBN Pal0257346

CIP – *Biblioteca centrale della Regione siciliana «Alberto Bombace»*

Il condominio di Via della Notte

A Giovanni

Parlo di bottiglie e rovina,
e di ciò che facciamo brillare
nel buio, e perché...

CHARLES WRIGHT

Breve notizia su Nordìa

Solitamente stati e città hanno un'esatta topografia di strade, fiumi, agglomerati: analitiche mappe che ne definiscono latitudine e longitudine, confini e memoria, stabilendo il qua e il là, il dentro e il fuori. Ma anche etnie, transiti, folklore.

Di Nordìa non ne esiste nemmeno una, completa e organica, ma se ne possono recuperare significativi frammenti sia tra vecchi documenti d'archivio, sia tra scaffali e scatolame di contemporanei ipermercati.

L'assemblata Nordìa, teatro di questa narrazione – che fino a poco meno di trent'anni fa Leviana si chiamava – è di remota fondazione, ma di recente rifondazione politica e toponomastica; con l'inizio dell'Epoca sono stati infatti rinominati piazze scuole ospedali, ridefiniti eroi e nuove ricorrenze civili, ripristinando la Corretta Verità nei libri di storia e nella percezione collettiva.

Per le sue scansioni oggettuali la città è saldamente ancorata alla modernità, di cui possiede strumenti e cultura: informatizzazione, domotica, sondaggi. E cult di ogni cult: l'economia espansa, macro e micro, in quest'ultima forma coinvolgendo tutta la società civile – dai negozi alle istituzioni culturali alla sanità – in una sorta di appassionante Investi e Vinci. *Persino nelle scuole, oltre a debiti e crediti, circolano "obbligazioni d'istituto", che fin dalle primarie gli studenti si cedono o si scambiano, come prima dell'Epoca le figurine di fumetti e calciatori.*

*Un processo ritenuto altamente formativo per l'ottimizzazione dell'identità; medici, insegnanti, pedagogisti, sostengono infatti che profitti, perdite, fluttuazioni e cartolarizzazioni, aiutano i giovani, fin da piccoli, ad affrontare consapevolmente le correlazioni di rischio dell'*impresa vita.

*Scelte di campo che anche l'opposizione ha accettato, anch'essa eterne e immutabili ritenendo le leggi del mercato e la democrazia dei consumi, in una condivisa visione del mondo in cui l'*homo oeconomicus *è misura di ogni cosa*

Un po' una contemporanea metropoli, un po' Zobeide – la calviniana città del desiderio per chi dai quarti e quinti mondi verso di essa s'incammina – è dunque Nordìa.

Un mondo minuziosamente monitorato e tecnologicamente avanzato, in cui trovano felice congiunzione innovative applicazioni e sicurezza, passato guerriero e surmodernità.

Ordine e vigilanza sono i cardini della vita sociale, che nella nuova Costituzione – volgarmente detta Decalogo *– trovano fondante dimensione normativa; a partire dall'articolo uno che – a monte di una deduttiva catena di permessi e interdizioni – sancisce l'invalicabile distanza legislativa tra l'*Inluogo, *individuato col nativo, e il* Fuoriluogo, *identificato con lo straniero, benché col passare degli anni si sia proceduto a una progressiva catalogazione di fuoriluogo occultati tra disobbedienti di varia natura.*

Una distanza non solo legislativa, ma anche urbanistica: la città capitale è infatti divisa in tre zone: la A e la B riservate ai nativi; la C – lontana dal perimetro urbano e recintata da un alto muro – per i fuoriluogo etnici, in temporaneo soggiorno lavorativo.

«Un cosmos. Il migliore dei mondi possibili» ripetono instancabilmente autorità e mass media.

Tenere alta la vigilanza, mai abbassare la guardia, è perciò la parola d'ordine della città tutta.

Ogni varco, ogni piccolo errore può spostare il baricentro, incrinarne la simmetria. E Nordìa rovinosamente crollare su se stessa.

Antefatto
Di Nordìa, prima che Nordìa fosse Nordìa

Niente è più fuori moda nella nostra società delle idee del 1789.

CLAUDIO MAGRIS

Uno

I

Come un tuono, in lontananza. Che a poco a poco si fa sempre sempre più vicino, avvolgendo strade, palazzi e appartamenti, in uno dei quali un uomo nervosamente si aggira aprendo e chiudendo una grossa valigia: vi infila qualcosa – camicie, pullover, calzini – che subito dopo toglie.

Un vibrare profondo invade ogni angolo della casa.

Apre la porta d'ingresso. Nessuna animazione per le scale: l'elironda deve essere atterrata in un isolato vicino.

«Piombano in casa. Perquisiscono! Ma ti rendi conto? – aveva gridato fuori di sé alla moglie la prima volta che l'elicottero era sceso nel cortile del loro condominio, mentre i vigilanti si sparpagliavano per scantinati e appartamenti in cerca del clandestino. – Ti rendi conto!?».

Appena i vigilanti erano andati via, lei aveva ripreso pacificamente a dormire.

Anche in quel momento – pur in mezzo alle vibrazioni dell'elicottero che squassavano il palazzo fin dalle fondamenta – dormiva. Eppure sapeva che quella volta la sua partenza era definitiva.

Cercata, voluta da mesi.

A farlo decidere, dopo tanti ripensamenti, era stata l'irruzione in aula – mentre faceva lezione – dei volontari della ronda universitaria, che, insieme alla polizia, avevano circondato gli studenti stranieri. Inutile ogni resistenza.

«Vuole peggiorare le cose? – gli aveva detto animosamente l'uomo in divisa che sembrava il capo. – Dia l'esempio, invece!».

Non trovarono niente, ma li portarono via lo stesso.

I giorni seguenti non li ritrovò più in aula; e nessuno ne sapeva niente.

Con una delegazione di studenti era andato lui stesso al comando di polizia da dove era partita l'irruzione, energicamente chiedendo giustizia e spiegazioni.

«Né intolleranza, né razzismo: un semplice controllo su segnalazione», lo interruppe il dirigente, informandolo che quegli studenti erano stati immediatamente rimpatriati per sospetto spaccio, e dunque, per grave attentato alla salute pubblica. Era nel loro DNA l'attitudine a delinquere, fu il conclusivo commento del Commissario che rispettosamente lo salutò, rispettosamente consigliandogli giudizio e cautela nel fare e nel pubblico dire. «Faccia attenzione: non vorremmo che si trovasse nei guai... sappiamo del suo passato...» era stato il sibillino congedo.

Per giorni ansiosamente si era chiesto a quali passati coinvolgimenti si riferisse il Commissario. Irriducibile e intransigente libertario, sì, sempre. Anche adesso – che tutti negavano e rinnegavano di esserlo stati – pubblicamente lo rivendicava. Ma nulla di illegale. Né allora né mai. Sentiva un'inquietudine crescente, un senso d'asfissia bloccargli passo, parola, respiro.

Ad un tratto smise di cercare. Capì.

Insinuare in ognuno il sospetto: in nome di un'inesistente colpa ridurre al silenzio, intimidire; questa la forza del sistema che – legge dopo legge, dossier dopo dossier – si stava instaurando a Leviana, tra l'indifferenza generale e un coriaceo adattamento all'esistente. Trovando consenso a destra e a sinistra, tra balordi e intellettuali. Che minimizzavano. Non vedevano. E lui, un superstite.

Basta. Doveva andare via. «Prima che sia troppo tardi – aveva detto alla moglie, enumerandole eventi e provvedimenti, che se presi singolarmente potevano non apparire significanti, ma messi uno accanto all'altro, indicavano una precisa direzione. – Vedrai, se passerà la proposta di leggi speciali sull'Emergenza, chiuderanno le frontiere. E non sarà più possibile. Siamo già in un regime. Non te ne accorgi?».

No, non se ne accorgeva, anche lei, come tanti, giudicando innocua goliardia il gioco interattivo che la sera andava in onda in una tivù locale: una sorta di battaglia navale in cui vinceva chi riusciva a gasare più rom.

Non mancò più a nessun convegno. Lontano da Leviana godeva del suo passo, del suo pensare, liberato da autocensure e sottomissioni.

Durante un soggiorno di studi in un'università dell'emisfero meridionale ne aveva parlato con un collega «Non c'è problema. Qui saresti ben accolto. Abbiamo bisogno di ricercatori come te». L'occasione era venuta con il convegno all'estero, a cui si accingeva a partecipare. Non sarebbe più tornato indietro. Da lì avrebbe raggiunto il collega, che aveva già preparato tutto per accoglierlo.

Era tornato ad insistere con la moglie. «Una nuova vita. Lontano da qui: tutti e tre insieme».

Il suo rifiuto era stato netto. «Hai perso il senso della realtà: vedi dittature e complotti dappertutto. Io resto: per la bambina. E anche per me».

L'uomo continuò ad aggirarsi per le stanze dell'appartamento, aprendo e chiudendo cassetti e valigie; ne riaprì deciso una, il cui contenuto buttò alla rinfusa sul divano. La biancheria poteva ricomprarla dopo. Meglio qualche libro.

Dalla libreria ne scelse alcuni, che era certo di non poter più trovare nella città dell'altro capo del mondo dove era diretto. Guardò con malinconia quelli che restavano; ne tirò fuori un ultimo, smilzo e di piccolo formato: il primo regalo che le aveva fatto. Gliene aveva consigliato la lettura, citandole una frase di quel libro: *L'amore è la libertà di dire cose stupide.*

La stupidità della leggerezza amorosa: dell'allegria immotivata, della consonante convergenza di un pensiero o di una canzone. Quell'eccitante leggerezza, che da tempo non c'era più tra loro.

Un turbine di amici, viaggi, interessi, era stata nei primi anni la loro vita in comune, in cui con gratitudine si era fatto coinvolgere, trascinato in mille esperienze, che da solo non avrebbe mai fatto. E lei, sempre la fascinosa e volubile protagonista. Una fame di vita mai venuta meno.

Riposò il libro e tutta la sua vita precedente sullo scaffale.

Era ancora lunga la notte, e lontana l'ora della partenza.

Andò in cucina e preparò la caffettiera. Con un grande tazzone fumante in mano andò a sedersi sulla poltroncina ai piedi del letto, restando a lungo a guardare la moglie, che si era girata su un fianco; il piccolo solco sulla fronte, in mezzo agli occhi, le dava un'espressione insieme infantile e ostinata. Il suo segno di riconoscimento: era stata la prima cosa che aveva notato sul suo volto, trovandosela accanto mentre fuggiva dalla piazza invasa da fumo e spari. «Vieni via, cretina» le aveva gridato trascinandola quasi di peso. Si erano dispersi tra i vicoli, infilandosi in un portone aperto che precipitosamente si chiusero alle spalle, in attesa che tutto finisse. «Stai tremando» le aveva detto circondandole le spalle.

Nel buio di quell'androne avevano atteso che il flusso di fuggitivi e poliziotti finisse. Un'ora, forse due... seduti su uno scalino a raccontarsi.

Così era iniziato tutto. E da allora sempre insieme – il cinema, i libri, i reading di poesia, le feste dove lei finiva col trascinarlo nonostante la sua iniziale resistenza – un *sempre*, che era durato pochi anni dopo il matrimonio, fino alla nascita della bambina, dietro cui aveva cominciato a trincerarsi, sorniona e accomodante. «Per il suo bene lo faccio», questo lo slogan.

Ed era iniziata la separazione – di libri, amici, interessi –: una rissosa incompatibilità prima, e una totale incomunicabilità dopo, fino alla sua decisione di andarsene.

Il suo quieto sonno. Ma come può dormire? Come può? si domandava l'uomo sorseggiando il caffè. Può darsi che fa finta, concluse. Si avvicinò alla dormiente. No, dormiva veramente, con quella leggerezza di farfalla che l'aveva abbagliato. Che era invece superficialità. E meschino tornaconto.

Indugiò ancora un po' a guardarla. Fece per chinarsi. Ci ripensò.

Andò nella stanzetta della figlia. Tutto era pronto per il risveglio mattutino: lo zainetto già preparato; jeans e golfino appoggiati sulla sedia; l'elefantino di pezza, che teneva sulle ginocchia mentre faceva i compiti, di nuovo al suo posto sulla mensola.

Appoggiò la testa sul cuscino accanto a quella della figlia, mentre un'intensa temporalità d'eventi tornava a scorrere vorticosa tra i loro volti: la corsa in clinica, il batticuore nella sala parto, stringendo la mano della moglie, e l'irrompere di quella cosa di carne viva, urlante. Pensata, voluta, e sua: fin dal primo apparire della materia delle stagioni, delle notti stellari, dei venti. Risalendo dalla genesi dei tempi, quel grumo di atomi trementi che piange e vuole. Passarono rutilando le prime parole, le ciglia fitte, lo scatto della mente che già conosceva il sì e il no, gli occhi ploranti dell'amore bambino che si affida senza spiegazioni.

La bambina all'improvviso aprì gli occhi. «Papà – farfugliò, mettendogli le braccia attorno al collo – resta qua», di nuovo sprofondando nel sonno. L'uomo cercò di sciogliersi da quell'abbraccio, ma il braccino della figlia tornava a tirarlo a sé.

Restò immobile per alcuni minuti, fino a quando non sentì l'allentarsi della tensione muscolare di braccia e mani, e il suo respirare ritmico e profondo. Riuscì a liberarsi senza svegliarla.

Si chiuse piano la porta alle spalle e chiamò il servizio taxi.

Fuori era ancora buio, ma già tutto attraversato dai rumori della città che si svegliava: un fermento di gru, impalcature, scavatrici, che lavoravano senza tregua, giorno e notte, per realizzare il nuovo piano *Città sicura*. Che non era solo una scelta edilizia, ma una svolta culturale: riportare la città agli antichi splendori, ripulendola da extra e senzatetto che da tempo vi si erano insediati.

Milioni e milioni il costo; e migliaia e migliaia i lavoratori fuoriluogo impegnati a restaurare palazzi e chiese; e a costruire muraglie e fossati attorno alle riserve abitative fuori città, che secondo il nuovo disegno urbanistico erano loro destinate; tutti a Leviana unanimemente convenendo per una separata regolamentazione legislativa e abitativa tra residenti ed extra. Una battaglia, in cui da anni l'ala conservatrice più intransigente, guidata dal politologo Attilio Craverio, era impegnata.

Qualche tempo prima aveva ascoltato un suo intervento durante un'assemblea universitaria per mobilitare studenti e professori in vista dell'imminente *Emergency Day:* un razzismo travestito da modernità, che sosteneva la legittimità di mezzi coercitivi speciali e del linciaggio. «C'è la giustizia dei legulei, che è il modo di imbrogliare il prossimo, e c'è la giustizia popolare che si esprime nei modi rivoluzionari: il linciaggio è la forma di giustizia nel senso più alto del termine», aveva concluso in modo ispirato, chiamando i giovani a diventare loro stessi, protagonisti e *somministratori* di giustizia.

Il taxi ritardava. L'uomo ritelefonò al centralino. La centralinista si scusò. Un disguido: l'autista straniero alla guida del J581 era stato portato per un controllo al Centro Indesiderati. «Una routine, ormai», concluse scusandosi. Il nuovo taxi arrivò subito dopo; alla guida un occhialuto nero.

Albeggiava quasi.

Mentre l'uomo sistemava i bagagli, il professore Mauro Testa alzò gli occhi verso la finestra della figlia: la immaginò dormiente nella penombra della stanza, mentre la sua vocina ripeteva «Papà... papà».

Il tassista mise in moto, fingendo di non vedere le lacrime che scivolavano lungo il volto assorto dell'uomo.

Due

La donna aveva finto di dormire, seguendo a occhi socchiusi l'andirivieni del marito da una stanza all'altra, il contraddittorio posare e rimuovere. Da tre giorni trafficava inutilmente con le valigie; ogni volta che partiva era lei a preparargli tutto, ma questa volta si era rifiutata.

«Se vuoi lasciarci, fattele tu, le valigie. Non vogliamo più saperne di te. Né io, né mia figlia», gli aveva rabbiosamente urlato qualche giorno prima, rendendosi conto che quella volta faceva sul serio.

Aveva insistito più volte. Ma lei non si era fatta coinvolgere: non aveva alcuna intenzione di lasciare Leviana. E il Castello, i concerti, la nebbia – che amava moltissimo – e il suo lavoro di giornalista, che dopo anni di gavetta, cominciava ad andar bene. «Autocensura» le sibilava sprezzante lui, che viveva in una condizione di continuo allarme senza riuscire più a distinguere tra flessibilità e complicità, razzismo e goliardia, come quando un giorno, sul treno straboccante di pendolari locali e immigrati, avevano assistito all'irruzione di un vociante gruppo di giovani che armati di spray deodoranti cacciavano dagli scompartimenti tanfo e immigrati. Un incredibile parapiglia che aveva suscitato l'ilarità generale e coinvolto tutti, a parte lo shock anafilattico di un baffuto operaio levianense, in fretta e furia alla stazione successiva trasportato in ospedale. Un incidente di percorso, non premeditato: una goliardica ragazzata – aveva scritto il giorno dopo il giornale *Rinascita sociale e Tradizione* – sottolineando con forza il degrado morale e intellettuale del paese, dovuto all'inquinamento etnico e religioso. E con forza ribadendo la necessità di interventi di emergenza per la messa in sicurezza di donne, beni, luoghi di culto.

Pure dichiarazioni di principio, lei le riteneva. Lui invece era diventato un pazzo, definendo nazisti e criminali quei ragazzi.

Incapace di adattarsi al nuovo, vedeva catastrofi e fascismi dappertutto, ancora pateticamente a inseguire la favola della rivoluzione... l'utopia dell'uguaglianza... Oltrepassate dalla storia, peraltro. Cancellate. Anche da chi, nel passato, ne aveva fatto una bandiera di lotta e rivolta.

A lei il nuovo non la spaventava: detestava nostalgie e *com'eravamo*. Dopo un'iniziale perplessità aveva avuto il coraggio di ammettere pubblicamente che poteva esserci del positivo anche nel nuovo corso: bisognava solo aspettare per vedere. Senza isterie ideologiche, in nome della concretezza del reale.

Quando sentì il rumore della porta che il marito si chiudeva alle spalle, si alzò.

Da dietro lo spiraglio di una tenda del soggiorno che dava sulla strada, lo vide, assorto e impenetrabile in mezzo alle valigie, alzare lo sguardo verso la loro casa.

Provò un moto di pena per quell'uomo, che quasi quarantenne partiva verso l'ignoto, a ricominciare tutto daccapo. Nemmeno l'amore per la figlia era riuscito a trattenerlo.

Tornando a letto si fermò davanti al cassettone. Guardò gli oggetti che prima di andare a dormire abitualmente vi lasciava sopra: il cellulare, le sigarette, la collana di giada, il taccuino su cui registrava estemporanee annotazioni. Che, prima o poi – ne era certa – sarebbero diventate parola di poesia, assunto forma di narrazione. Era al sicuro, a casa sua. Lei e sua figlia.

Rita Massa pensava che non avrebbe preso sonno. Cadde invece in un torpore profondo e senza sogni nella sua stanza desonorizzata dove non arrivava il tumulto della città in fiamme.

Ad alimentarle, gli agguerriti teorici di *Rinascita sociale e Tradizione*, che dai media quotidianamente tracciavano le mappe della paura – dettagliate narrazioni di furti, stupri, omicidi – sollecitando i *volontari della giustizia* a colpire senza paura gli impuniti fuoriluogo e i loro complici, libertari e tribunali ideologizzati. Simultaneamente indicando le nuove vie della liberazione: le *città diffuse*, con spazi abitativi raggruppati per affinità sociali ed etniche; la *sicurezza partecipata*, attraverso un doppio tracciato – orizzontale e verticale – di connessioni sicuritarie tra cittadini e istituzioni; e la *democrazia interattiva*, che attraverso nuovi strumenti di consultazione – sondaggi, rete, e agenzie di valutator – potesse coniugare, senza intralci di partiti e mediazioni rappresentative, libertà di merce e sicurezza di frontiera, villaggio globale ed etnia.

Al primo *Emergency Day*, preparato da un'azione capillare di teorici e volontari in piazze, rete, luoghi di lavoro, altri ne seguirono, sempre più socialmente pervasivi, fino all'ultimo grande raduno che per tre giorni paralizzò tutta Leviana, totalmente travolgendo le deboli resistenze di un'opposizione chiusa in un presente senza utopie.

Fu decretata la Grande Emergenza, un lungo periodo di rigore e leggi speciali per ripristinare ordine e sicurezza all'interno e alle frontiere, che si concluse con la radicale trasformazione politica e istituzionale di Leviana. Con la nuova costituzione il rissoso bipolarismo di maggioranza e opposizione fu infatti assorbito all'interno della *General Management Ministerial Area* in una fattiva collaborazione di intransigenti e modernisti; e le elezioni sostituite dai sondaggi i cui indici di gradimento ratificavano cariche, politiche, eletti.

E tutto rifondato e rinominato: territorio, calendario civile, memoria storica.

Ma l'evento degli eventi, che simbolicamente aprì l'Epoca, fu il cambiamento del nome della città capitale e dell'omonimo stato.

Una scelta lunga e laboriosa.

Gente comune e intellettuali, accademici e creativi di ogni sapere, energicamente si affrontarono sui media a colpi di citazioni storiche, motivazioni economiche e risvolti esistenziali, fino a che, sondaggio dopo sondaggio, il pubblico consenso si polarizzò su due nomi: *Nordìa*, che rimandava alla specificità etno-geografica del territorio; e *Orània*, quello di una piccola comunità, che – in uno stato del profondo sud di Stranìa – dopo la fine dell'apartheid un gruppo di bianchi aveva fondato, in essa rinchiudendosi; uno spazio esclusivo e autarchico, dove anche i lavori più umili venivano svolti dai discendenti degli antichi colonizzatori.

Il comitato di valutazione toponomastica, a cui fu affidata la scelta finale, optò per Nordìa, pur riconoscendo la superiorità etica dell'altro; un alto esempio a cui guardare, una prospettiva di percorso – sentenziarono gli esperti – ma non applicabile al loro stato, ampio e tecnologicamente avanzato, dove la presenza di lavoranti di *razze non affini e non confacenti* era necessaria per far funzionare industria e servizi. Più che la considerazione economica a fare la differenza fu il verdetto del *valutator* dei linguaggi mediatici, che nell'accentata *i* di Nord*i*a individuò un positivo risuonare di futuro rispetto alla severa atonia di quella di Oràn*i*a.

Speranze di collettivo benessere che divennero progressivamente realtà; grazie, soprattutto, al profondo spirito innovativo del Decalogo, in cui decisamente era stato eliminato ciò che andava eliminato: a partire dalla desueta trinità – *liberté, égalité, fraternité* – che, in nome di una presunta inviolabilità, bloccava in una soffocante rete di diritti e doveri la libertà dell'uomo per natura imprenditore, e l'espansione sicuritaria dello stato. Coniugando liberamente deregulation e sicurezza, immigrazione e *bonifica umana*, si determinò una forte accelerazione produttiva con una crescita esponenziale di nuovi bisogni e pervasivi consumi.

Il percorso di Nordìa divenne modello e paradigma per il villaggio globale; al di là di pubbliche prese di distanza, molti stati occidentali di Stranìa, di antica democrazia, guardavano con interesse a quelle riforme e al revisionismo di vecchi ideologismi e presunti diritti che sembravano intoccabili, sempre più aprendosi a relazioni commerciali e scambi culturali con la xenofoba Nordìa.

Che in quell'alba, però, era ancora la plurietnica Leviana, e tutto questo un'oscura risacca di futuro che batteva su finestre e serrande della desonorizzata casa di Rita Massa. Ignara e sfarfallante.

Che vent'anni dopo, nel cuore della notte, un'imprevista telefonata di colpo sveglierà.

Primo movimento
Vent'anni dopo, in una casa di periferia...

Fuori delle mura non c'è l'altro ma il disordine.

ELIAS CANETTI

Tre

Lo squillo insistente nel cuore della notte.

Rita Massa guardò l'orologio: le tre! Chissà chi è! mormorò allarmata, restando ancora più basita e confusa alla voce che, all'altro capo del telefono, le diceva: «Rita! E che, non mi riconosci?».

No. Non l'aveva riconosciuta, la voce di sua figlia – squillante, e affermativa – senza traccia dell'irata petulanza dell'adolescente Assia.

Restò per qualche istante muta, incapace persino di respirare, mentre il cuore prese a batterle furiosamente.

«Sì. Certo che ti ho riconosciuto» mentì, profondamente emozionata a quella voce che da tanti anni non sentiva.

E iniziò una lunga e accelerata conversazione. Che all'improvviso s'interruppe.

Inutilmente cercò: non individuò nulla nelle sue parole, né in quelle della figlia. Forse semplicemente è caduta la linea, concluse, ancora tutta in subbuglio per l'annuncio: Assia era stata invitata a Nordìa per un convegno di genetica, che si sarebbe tenuto nel marzo dell'anno successivo.

E voleva rivederla, abbandonando il passato – con il suo groviglio di torti e di ragioni – là dove stava.

Una saggezza di parole e di sentire che la lasciava esterrefatta.

Per un attimo – ma solo per un attimo – temette che non si trattasse proprio di sua figlia, ma della figurante telefonica di un reality-fiction, uno di quelli in cui uomini e donne erano ignari protagonisti. E tali quasi sempre restavano. Ma un errore di valutazione politica, un dissenso, e il dormiente videodossier veniva tirato fuori.

Insinuazioni, leggende metropolitane – di certo, niente – le aveva assicurato la sua amica Cinzia, che lavorava alla *Comunicazione*, ed era bene informata.

Tanti in quella notturna telefonata erano però i dettagli, i reperti di memoria, che solo sua figlia poteva conoscere.

Per anni aveva continuato a domandarsi in che cosa avesse sbagliato. Come madre non avrebbe potuto fare di più: computer, motore, la migliore scuola. Tutto. Assia invece sempre a puntare il dito, a processarla tra inscalfibili mutismi e furenti contestazioni. Un'adolescente ostica e intransigente, che a ogni cosa anteponeva i principi di un astratto pensare: l'esatta fotocopia del padre.

A differenza di lui, furba: capace di mimetizzarsi per mesi, restare sottotraccia. Per colpire all'improvviso, inaspettatamente.

Più che la fuga della figlia, erano state le modalità con cui era avvenuta a sconvolgerla; l'ostinata determinazione di un progetto, segretamente perseguito per un intero anno, studiato in ogni dettaglio, senza che lei potesse averne il minimo sospetto. Nessun indizio per metterla sull'avviso: darle la possibilità di capire, di affrontare il problema. Mai niente: un radicale disprezzo, una totale chiusura nei suoi confronti.

Fino alla pubertà Assia era stata una bambina introversa e obbediente, che a volte, però, ostinatamente si impuntava. Inutili promesse e minacce. Non c'era stato modo di farla desistere dal lamentoso *papà*, che per mesi l'aveva ossessionata; né a farla dismettere dai rituali legati al suo ricordo: il percorso di ritorno dalla scuola – che doveva essere quello e non altro; il gelato da acquistare sempre nella stessa gelateria – e quando la gelateria chiuse, non volle più mangiarne; il posto vuoto a tavola da conservare per il padre, caso mai da un momento all'altro ritornasse.

Crescendo, l'obbedienza si era trasformata in litigioso rifiuto; tutto rimproverandole: dall'abbigliamento ai mobili agli amici, alle sue scelte di vita. Che suo padre invece...

Più di ogni altro insulto la feriva lo sprezzante giudizio – di velleitaria senza spessore, di gazzettiera di regime – che nei momenti di massimo attrito Assia le vomitava addosso, scambiando per vanità l'inquieta ricerca creativa che di volta in volta l'aveva spinta a provarsi con la fotografia, il fumetto, l'arredamento, la pittura; e continuamente a riprovare con la sua inestinguibile passione: la scrittura. Aveva iniziato da adolescente con la poesia – che continuava ad essere la sua dominante passione – poi racconti brevi; infine il progetto di un romanzo. Di tanto in tanto un evento, un fatto, una storia, l'abbagliavano, subito dispiegandosi in una narrazione completa di ogni dettaglio nella sua mente, ma dopo averne scritto qualche pagina, sistematicamente lasciava perdere: ogni storia finiva sempre con l'apparirle risibile, come se non avesse in sé ragione sufficiente per farsi parola. Ricominciando a progettare trame e personaggi il giorno dopo: aveva decine di romanzi iniziati e abbandonati nei cassetti. Inutilmente aveva cercato di farne leggere qualche pagina ad Assia.

Avrebbe voluto una sorella complice per figlia, e si era ritrovata in casa una nemica che le attribuiva ogni colpa; accusandola persino di essere stata proprio lei a spedirla al corso di rieducazione, alla cui frequenza era stata costretta per avere riso e deriso – suscitando la generale ilarità – il dire patriottico dell'insegnante di educazione nazionale. Senza mai accettare la verità: che lei – sua madre – aveva cercato di convincere in tutti i modi il General Manager d'Istituto a sospendere la punizione. Non ci potevano essere deroghe per nessuno, le aveva risposto, tantomeno per una come sua figlia, che non solo trasgrediva, ma della trasgressione faceva una bandiera.

Al Centro Rieducazione Assia era rimasta appena qualche mese, uscendone profondamente cambiata: era ritornata la figlia rispettosa e obbediente dell'infanzia. E talmente coinvolta nel piano didattico e nelle iniziative culturali della scuola da essere premiata alla fine dell'anno – com'era prassi per i migliori studenti di ogni classe – con un viaggio-studio in una città del nord di Stranìa. Ma appena vi arrivò, mentre gli istruttori e la maggior parte degli altri studenti erano ancora alle prese con i bagagli, si allontanò indisturbata tra la confusione dell'aeroporto. Per tre mesi non se n'era saputo più niente.

Si parlò di rapimento politico, di una fuga d'amore, persino di sette sataniche: nessuno pensò al padre nella remota città dell'Oceano Meridionale. Era stato poi lui stesso a informarla del suo arrivo, continuando per qualche tempo a tenerla aggiornata sulla vita e sugli studi della figlia – piena di talento per la ricerca scientifica: un vero genio, le aveva scritto – ma, diventata maggiorenne, la ragazza aveva quasi del tutto interrotto i rapporti con lei.

Quella telefonata riapriva un dolore lungamente rimosso, a cui per anni non aveva consentito di risalire a galla. Ormai era un automatismo: appena accennava a riaffiorare energicamente lo ricacciava nella zona oscurata della sua memoria, dove comprimeva tutto ciò che poteva farla soffrire, inquietarla.

Aveva imparato da piccola a rimuovere il dolore, insieme al primo abbandono di cui era consapevole. Intorno agli otto anni aveva preso ad andarsene tutta sola nel tetto morto, e da lì attraverso una finestrella a sedersi fuori, sulle tegole, spesso portandosi dietro lo zainetto per fare i compiti. E aspettare i gatti. Che arrivavano uno dopo l'altro, alla spicciolata, come a un segreto convegno. Portava loro croste di formaggio, pezzi di pane, residui di cibo, e per sé una brioscina o un biscotto. E banchettavano insieme. Qualcuno si lasciava accarezzare, ma la maggior parte si spostava guardinga un po' più in là, appena allungava la mano.

Circondata dai gatti, respirava la luce assorta del paesaggio lacustre – i casolari, gli alberi, i vigneti, gli uomini indaffarati sulla riva che trafficavano con reti e barche – restando lì, con loro, anche quando la nebbia assorbiva ogni voce cancellando i confini tra cielo e terra, tra tetto e strada.

Dopo un po' essi andavano via indifferenti, come se mai l'avessero conosciuta, ma ce n'era uno che la guardava con occhi puntuti e interrogativi, prima di accoccolarsi placidamente sulle sue gambe; poi imprevedibilmente, dopo un minuto o un'ora, si scrollava di dosso sonno e carezze, e se ne andava. Seguiva con gli occhi quell'indolente andare, sapendo che il giorno dopo Romeo – così lo aveva chiamato – sarebbe puntualmente ritornato.

All'improvviso non ricomparve più. Continuò per giorni ad aspettarlo.

Un pomeriggio di nebbia le sembrò di vederne transitare la sagoma sulla grondaia, ai bordi del tetto. Lo chiamò con voce suadente, poi sempre più forte, camminando sul tetto inclinato verso quella sagoma, che si allontanava, sorda a ogni richiamo. Accorse sua zia che gridò a sua volta, implorandola di tornare. Solo allora si rese conto del pericolo: tegola dopo tegola cautamente ritornò alla finestrella.

Fu la prima volta che Mina, la zia che chiamava mamma, la picchiò forte, alla cieca. Non risalì mai più sul tetto morto, e non aveva più voluto saperne di gatti; fino alla partenza del marito, quando, per distrarre Assia dal pensiero fisso del padre, le aveva regalato un gattino che aveva chiamato Catò, l'ironico diminutivo di Catone con cui, nei primi tempi del loro rapporto, si rivolgeva al marito.

Al gatto Romeo aveva ripensato ai tempi dell'università, quando, preparando un esame di psicologia, aveva letto che la zona più dolorosa del corpo dei gatti era la gengiva. Era lì che durante gli esperimenti per misurare la soglia del dolore inserivano gli elettrodi. Scene d'orrore, che la sera, a letto, la ossessionavano; vedeva il corpo di Romeo – vivisezionato, attraversato dall'elettricità – contorcersi, implorarla. Che cercava di rimuovere, cancellare: non saperlo, non soffrire, attraversando il mondo e la sua storia, senza memoria, indifferente.

Ma era stata dura, dopo la fuga di Assia.

Mesi di analisi, antidepressivi, e uno smarrente oscillare tra angoscia ed euforia. Riuscendoci infine – lentamente: bracciata dopo bracciata – a ritornare dall'isola dei perduti.

Spense la luce, ma non poté riprendere sonno.

Il volto protervo e insolente di sua figlia tornava da quel passato: a sommergerla di domande, a interrogarla... perché... perché... perché...

E lei non poteva rispondere: voleva solo piangere.

Un convulso singhiozzare, che a poco a poco si spense in un denso fondale di immagini.

... risale nel biancore della schermata – si è decisa a ritornare, finalmente! – ma un'acqua verticale l'avvolge e la cancella: liquida muraglia che da ogni parte avanza per tutta la casa si propaga...

Un nero sibilare
... lacera specchi...
forza gli occhi...

... li apre infine: è il telefono, che per la seconda volta torna incredibilmente a squillare quella notte.

Ma non è notte. È già mattino inoltrato: la luce filtra dalle persiane, accende un danzante pulviscolo nella stanza, sciogliendo le immagini del sogno, che tornano di tanto in tanto ad angosciarla.

Pensava di essersi appisolata per qualche momento, mentre erano passate ore dalla telefonata della figlia.

Rispose ancora stordita di sonno, ma fu di colpo vigile alla voce che con spiazzante urgenza la convocava nello studio di un notaio. A ogni costo due giorni dopo doveva esserci – insistette l'impiegata – l'apertura del testamento la riguardava.

Borbottò stranita un *cercherò di esserci.*

Si alzò di malavoglia, e tutta scombussolata per la notte che aveva passato; ma la giornata non prometteva meglio.

Una montagna di manoscritti da leggere e chiosare l'aspettava; un lavoro part time, dopo il suo precoce pensionamento, diventato anch'esso insopportabile per la generale omologazione commerciale di scrittori e scritture: nei casi migliori, luccicante superficie senza spessore di pensiero. Questa, del resto, la linea editoriale, a cui doveva adeguare lettura e giudizio. E intelligenza. Che per quieto vivere a volte faceva finta di non avere.

Più leggeva manoscritti, più si riconfermava nel proposito di scriverlo lei un romanzo vero, ma continuava a non aver ben chiaro cosa raccontare; la scelta espressiva, sì: dati i tempi, una scrittura allusiva, che potesse denunciare senza esporsi, simultaneamente nascondere e dire, destreggiandosi tra autocensura ed espressione. E con questa considerazione lasciava cadere ogni progetto.

Forse non lo scriverò mai, pensò quella mattina, guardando il suo volto stanco e sgualcito nello specchio.

Decise di rimandare al giorno seguente la lettura dei manoscritti; doveva ripensare con calma, e lucidamente, a ciò che le stava accadendo: non lasciarsi sopraffare dagli eventi.

Aprì il bauletto sulla toletta, che conteneva i suoi gioielli preferiti, di poco valore, ma di grande sicurezza di immagine per lei: quasi tutti d'argento e pietre dure; tirò fuori collane, bracciali, pendenti, la cavigliera, che nonostante i suoi oltrepassati cinquant'anni continuava a portare – il tintinnante indossarla segnava l'estate, il silenzioso dismetterla l'autunno –, scegliendo infine un luccicante girocollo di cristalli swarovski che indossò.

Per accendere l'opaco di quel mattino di giugno.

Quattro

L'ufficio del notaio era ancora chiuso. In attesa dell'orario d'apertura decise di fare due passi. Un odore di pane appena sfornato l'avvolse. Entrò nella panetteria davanti a cui casualmente si trovava, e comprò un piccolo pane ricoperto di semi di sesamo; all'edicola prese il giornale, e andò a sedersi in un sedile tra gli alberi che separavano le due corsie del viale. I raggi obliqui del sole sfiorando una pozzanghera l'accendevano di un accecante barbaglio: la vita, quel mattino, era un respiro profondo, dilatante.

Cominciò a sbocconcellare il panino, concentrando la sua attenzione sul resoconto di uno spettacolo teatrale a cui non era potuta andare. Si accingeva a dare il terzo morso quando l'ombra di una voce si frappose fra lei e la luce.

L'anziano vigilante le ricordò l'ormai ventennale divieto di bivacchi e assembramenti negli spazi pubblici, trovando incomprensibile che qualcuno si ostinasse ancora a trasgredire; trattandosi di una bella signora, concluse galante, faceva finta di non aver visto.

Rita balbettò qualche scusa, ritornando velocemente verso l'ufficio notarile che nel frattempo aveva riaperto.

Ne uscì un'ora dopo in preda a un incredulo stordimento.

E al bisogno impellente di oggettivare la cosa, raccontandola a qualcuno, ma Lucio, il suo compagno, era in tournée e non sarebbe tornato prima di una settimana, e la sua amica Cinzia, fuori Nordìa per un meeting di lavoro.

Ritornò per ben due volte dal notaio per avere la riconferma; la seconda volta l'impiegata le rispose bruscamente, suggerendole di godersi tranquillamente l'eredità e di lasciare lavorare in pace la gente.

Volendo riflettere con calma, decise di ritornare a piedi a casa sua, un trilocale al margine più periferico della zona B dove la città sconfinava con la campagna; una casa economica, ma anche – questo però non lo avrebbe pubblicamente ammesso nemmeno sotto tortura – un luogo dove facilmente poteva reperire spezie ed alimenti per cucinare etnico, che le piaceva da pazzi. Il suo trilocale non era infatti molto distante dalla zona fuori città riservata agli alloggiamenti dei lavoratori fuoriluogo, e ai loro mercatini dove clandestinamente si trovava di tutto.

Una passeggiata lunghissima. Ma era una buona camminatrice.

Pensava all'imprevedibilità della vita: colpiva dove voleva, come voleva. L'eredità di suo padre, il ritorno di sua figlia; un passato, che ritornava tutto insieme, all'improvviso. E la inquietava quel pezzo di esistenza verso cui andava e non dipendeva da lei: che, pur riguardandola, a sua insaputa accadeva.

Inutilmente cercava di rintracciare nel fondo della sua infanzia il volto di suo padre. Per interrogarlo. Cercare di capire: mai una parola tra loro, un segno di vita. E adesso... Non riusciva ancora a capacitarsi. Una casa nella city era la cosa più incredibile che le potesse capitare. E da un padre, morto due mesi prima in una lontana città di Stranìa, la cui esistenza aveva sempre volutamente ignorato.

Dopo la morte di sua madre, quando lei aveva appena tre anni, l'aveva affidata alla cognata, ed era sparito;

una sparizione attorno a cui si sussurravano cose oscure: mezze frasi, bisbigli, mormorii. E silenzi improvvisi quando lei arrivava; un mistero, che in verità non aveva mai avuto alcuna curiosità di decifrare. Una volta lui le aveva fatto pervenire una lettera, che lei aveva respinto al mittente, senza nemmeno aprirla.

Anche non volendo però aveva saputo.

Un totale estraneo, quel padre. Ma doveva conoscere tutto di lei: che era viva, dove abitava, il lavoro che faceva. Forse, pur vivendo in una lontanissima città di Stranìa, aveva seguito a sua insaputa la sua crescita. Solo così si spiegava quell'imprevedibile lascito, che egli a sua volta aveva ereditato dal suo compagno: un architetto, che non aveva mai voluto né vendere né affittare l'attico, nella remota evenienza di un ritorno a Nordìa, gli aveva detto il notaio.

Per controllarne la tenuta, e poter intervenire prontamente in caso di emergenza, la custodia era stata affidata all'Amministratore, che aveva a sua volta dato una copia delle chiavi al Capocondomino.

L'appuntamento con l'Amministratore era fissato per due giorni dopo, ma non poteva aspettare.

Quella stessa sera tornò nella city per andare a vedere dove esattamente si trovava la sua eredità, che dall'esterno però era invisibile: un ultimo piano, rientrato rispetto al perimetro dell'antico palazzo, immerso in un inquietante intersecarsi di ombre e di volute.

Sembrava del tutto disabitato; si rassicurò vedendo il lampeggiare di una tivù in una finestra del secondo piano, e due vigilanti della ronda condominiale che, con la pistola bene in vista sul fianco, andavano su e giù per la strada.

Appena la videro, la bloccarono.

Un abituale rituale serale: documenti, pass, destinazione.

Tutto in regola, tranne la destinazione.

Si scusò dicendo di essere capitata per sbaglio in quella strada; che era diretta al cinema, invece. Li convinse mostrando l'abbonamento.

Aveva preferito non rivelare il vero motivo della sua presenza in Via della Notte; non avendo niente con sé per dimostrare di essere la proprietaria di un appartamento in quel palazzo, l'avrebbero portata negli uffici di polizia per sospetto *publico mendacio*. E lì sarebbe rimasta, almeno fino all'indomani mattina.

Si allontanò continuando a scusarsi per la distrazione.

Doveva stare attenta, molto attenta. In due decenni mai una multa, un verbale, mai nulla; e quel giorno era già la seconda volta che le capitava di essere colta in fallo.

Mentre andava verso la piazza a prendere un taxi, vide due poliziotti che con violenza strattonavano un nero.

Fortemente turbata svicolò sveltamente in una stradina laterale: quel nero assomigliava straordinariamente a Mhatzi.

2

Il pensiero di dover incontrare l'Amministratore del condominio *Sicurezza e Civiltà* – per la consegna delle chiavi – l'aveva messa in grande agitazione. Aveva dormito poco e male, svegliandosi prestissimo.

A svegliarla, lo sferragliare del primo tram e il buio parlottare degli operai in partenza verso i luoghi di lavoro; uno sferragliare e un parlottare che ogni mattina alla stessa ora sistematicamente la svegliavano, ma si riaddormentava subito, rassicurata dallo scorrere certo del mondo al di là della finestra, e dal ronfare del gatto Lampo – il quarto successore di Catò – che dormiva ai piedi del letto.

Interrogò lo specchio. «Sono una fuoriluogo?» domandò.

«No, non sono una fuoriluogo» rispose alla sua immagine né vistosa né dimessa. Esattamente come doveva essere il portamento di una più che cinquantenne.

Si compiacque della serena riservatezza del suo volto, che occultava nel fondo il lontano già stato della sua vita, tagliata in due, come tutto a Nordìa, dalla Grande Emergenza.

Più che un taglio, un radicale azzeramento.

Se n'era accorta quando, nei libri della figlia, ben poco aveva trovato della storia degli ultimi tre secoli del secondo millennio.

La Commissione *Historiae emendatio* aveva trascorso un intero biennio tra archivi e biblioteche, annotando, chiosando, vagliando in modo intransigente la storia passata; se confacente con lo spirito del Decalogo e la sicurezza della città, ogni notizia – correttamente riformulata – veniva reinserita nel passato storico di Nordìa; altrimenti per sempre cancellata.

E azzerati i movimenti e le utopie, che erano state formazione e passione per la sua generazione; nessuna traccia del periodo movimentista della sua giovinezza, come se mai fosse stato storia, ma solo privata memoria di un giovanile ribellismo.

Un'operazione che aveva trovato drastica, ma in qualche modo giustificabile nella prospettiva di uno stato tutto proiettato verso il futuro, non a rimuginare su un passato che era solo archeologia sociale.

Anche lei del resto aveva fatto piazza pulita di quel passato.

Non era stata la sola. Come lei, anche la maggior parte dei suoi amici – un tempo intransigenti compagni di lotta – con cui di tanto in tanto si ritrovava. Pronta a squagliarsela quando cominciavano a parlare di politica: molti di loro avevano infatti aderito entusiasticamente al nuovo corso. Ma rovesciati di segno i loro ragionamenti erano più o meno gli stessi di allora: gli stessi sofismi, la stessa saccente assiomaticità, assolutoria e negazionista, a volte anche contro ogni evidenza.

Lei invece si era defilata da ogni attivo coinvolgimento. Non andava pazza per quel regime, non condividendo il fondale xenofobo di procedure e ordinamenti su cui continuava ad avere perplessità; che col passare degli anni però tendevano a diradarsi. Non poteva negare che col nuovo corso politico molti problemi erano stati risolti, e per tutti la condizione di vita era migliorata: ordine, sicurezza, tranquillità sociale e lavorativa. E Nordìa, indiscussa protagonista nella governance del villaggio globale.

In fondo non è cambiato molto si rassicurava Rita, facendo eco a quello che era ormai il comune convincimento: niente di quelle paurose apocalissi politiche, delle tremende dittature profetizzate dal suo ex. C'erano più controlli, qualche limitazione, talvolta qualche eccesso, ma lei non aveva nulla da temere; nonostante ex moglie di un conclamato disobbediente, e lei stessa un tempo attiva militante, niente era venuto a turbare lo spazio di libertà che si era ritagliata. Solo una volta, dopo l'approvazione delle nuove leggi sull'informazione, a causa di un infelice reportage sulle condizioni di vita dei fuoriluogo, era stata accusata di diffamazione mediatica dell'immagine di Nordìa. E come tale pubblicamente denunciata su giornali e social network. Aveva ammesso con il direttore l'involontaria responsabilità nell'avere ecceduto in un pessimismo disfattista. E promise: mai più.

Rifuggendo da ogni fastidioso dissenso – una moderata flessibile si definiva – appena se ne presentò l'occasione aveva preferito chiudere con il giornalismo; meglio correggere, riscrivere, fare editing a infelicissimi manoscritti di sicuro successo commerciale. Era diventata interna nella più importante casa editrice di Nordìa. Ma appena compiuti i cinquant'anni aveva detto basta; non era ricca, ma aveva di che vivere con tranquillità. Un part time era quello che faceva per lei. Libera e indisturbata voleva continuare a restare: con il suo gatto, le sue scritture, le sue piante, lasciando il mondo e i suoi trasalimenti sulla soglia della porta.

Al riparo dalle tempeste della storia, e da quelle ancora più insidiose del cuore.

Aveva perciò risposto un deciso *no* alla proposta di una stabile convivenza con Lucio; una storia di incontri sessuali, che a poco a poco si era caricata di un'intensa condivisione di vissuto: la comune passione per la cucina, i viaggi, la musica soprattutto.

Quando si fermava a dormire a casa sua – una casa indipendente con un piccolo giardinetto nell'estremo margine della city – cucinavano insieme eclettici menu etnici; restando fino a tarda notte a bere vino rosso. E lei a volte si scatenava: saliva su tavoli, letti, sedie, o si faceva inseguire per tutta la casa, mentre, ispirata, gli declamava le sue poesie preferite. Talvolta era lui che si metteva al piano e cantava: vibrante unisono di respiro e mente, che si faceva musica, si apriva in voce, cancellando il precario dell'esserci, svegliando sopite nostalgie per quello che avrebbe potuto essere, e non era, la vita.

Spesso si chiedeva cosa trovasse in lei, quel tenore di successo, più giovane di lei, adorato dai suoi fans. Una volta glielo aveva chiesto, lì per lì lui non le aveva risposto. Il giorno dopo aveva trovato un suo biglietto nella buca. «L'amore può balzarti addosso in ogni momento. Come la poesia: sai che c'è, ma non sai cos'è» le aveva scritto.

Sì, anche lei lo amava. Ma era tutto d'un pezzo come il suo ex, Lucio infatti aveva cercato più volte di coinvolgerla in riunioni politiche, travestite da cene, con i suoi amici liberal; ma fin dal primo momento glielo aveva detto chiaro: niente amici, loro due, e basta. Anche lei aveva allentato le sue abituali frequentazioni.

A spaventarla era soprattutto la sua giovinezza: sette anni meno di lei. Che per ora non si notavano. Ma poi? Le rughe, l'impianto dei denti, l'aritmia che talvolta la svegliava nel sonno: si metteva in ascolto, e i battiti rimbombavano per tutta la stanza. E l'invisibile gocciolare di muscoli di cellule. No, non voleva dolore di abbandono. Tornò a interrogare lo specchio.

Preparandosi a uscire ormai perdeva molto tempo a cercare il vestito giusto che coprendo alludesse, a truccarsi senza pesantezza, a indossare orecchini e sfrangiatissime sciarpe; per confondere lo sguardo dell'altro, spostarlo dalle piccole rughe – sul collo, attorno agli occhi – allo scintillare di una pietra, ai serici disegni di uno scialle. Una vigile e quotidiana interrogazione.

Quando oltrepassava la soglia di casa però non ci pensava più; adeguava il suo passo al ritmo vitale di strade e vetrine, incontrava gli altri, amava. Col passare degli anni riscopriva sempe più le piccole gioie dell'esistenza: le mani delicate della sciampista sui capelli umidi, il sapore aromatico di una fetta di sacher seduta al bar, tra uno svagato transito di uomini macchine nuvole, respirando l'indolente passeggio per le strade, la pienezza di odori e mondo in festa. Perché non c'è una vita di scorta, si diceva, solo quella in cui casualmente ci si ritrova; da far diventare scelta, vivendola istante dopo istante.

Fino al mattino seguente: alla nuova interrogazione, all'ansiosa ricerca di orpelli per ricacciarlo in fondo allo specchio il volto ossuto della Grande Buia, che s'annidava nella ruga in mezzo agli occhi, nel reggiseno imbottito, nel vuoto tra dente e dente. Che sarebbe arrivata comunque. Pensava al residuo sempre più piccolo del *suo* tempo. Che a volte quantificava in un minuzioso calcolo di giorni, ore, minuti, degli istanti che, nel più ottimistico dei casi, le restavano da vivere. Al mondo che avrebbe continuato a scorrere. Alla sua vita già stata e senza segni in esso.

Tuttavia alla sua età era ancora una bella donna. Si sorrise a lungo nello specchio. «Svelta, l'attico ti aspetta!» si disse.

Per attenuare un po' il conformismo dell'abbigliamento, indossò vistosi pendenti e larghi bracciali d'argento e smalto. Li tolse. In quel primo incontro con l'Amministratore forse era meglio un abbigliamento che passasse del tutto inosservato. Prevalse la vanità: li rimise.

Una casa nella city: cinema, teatri, librerie, ristoranti e negozi elegantissimi; e i tanti conoscenti importanti che vi abitavano. Tutto a portata di piede. Un sogno esclusivo e costosissimo, un salto sociale, un lusso che non aveva mai pensato di potersi permettere. Che all'improvviso diventava realtà.

All'ingresso della city nessuno la fermò, sperava invece che qualcuno lo facesse – ronda, vigile, polizia – per poterla orgogliosamente mostrare, la fotocopia del documento che testimoniava la sua proprietà.

Cinque

Quell'eredità condusse Rita Massa a una serie di fastidiose incombenze burocratiche, che non affrontava dall'iscrizione della figlia alle superiori, quando si era bloccata per tutta un'intera settimana su una delle tantissime domande di un modulo che andava correttamente compilato. Uno sbaglio, e Assia correva il rischio di essere inserita tra i fuoriluogo, nelle differenziali.

Se facile era stato dimostrare *la limpieza de sangre e residencia* della ragazza – nordiense al mille per mille – difficile era certificare la *la limpieza de piensamiento* della famiglia, senza incappare in ulteriori chiarimenti e supplementari indagini. Aveva inutilmente cercato una via d'uscita.

All'improvviso, l'illuminazione: Cinzia. Lei sì, che poteva aiutarla. Dopo l'incidente di percorso per il reportage giornalistico – che le aveva creato il deserto attorno – si era presentata spontaneamente da lei, aiutandola, accogliendola come una rediviva. Erano tornate a frequentarsi intensamente, a condividere amici, viaggi, interessi, ritrovandosi di nuovo sorelle d'elezione, come se gli anni di vita e di silenzio tra loro dopo il suo matrimonio – anche il suo ex, come Lucio, non la poteva soffrire – non ci fossero mai stati. Un'amica generosa e sempre disponibile. Si era meravigliata di non averci pensato prima, e di aver perso inutilmente una settimana; sgusciata indenne tra le sabbie mobili della transizione, Cinzia aveva conoscenze, sapeva muoversi. «La parola per consentire, il silenzio per dissentire» era la norma a cui la sua amica conformava la sua vita pubblica, mentre nel privato era libertaria e trasgressiva. Anche Cinzia si era separata dal marito – un mago nella manipolazione mediatica in forze al *Ministerial Management della Comunicazione* – che, concentrato esclusivamente nel costruire campagne di consenso al nuovo corso, se ne era andato definitivamente a vivere con la sua giovanissima segretaria nel quartier generale del Grande Capo. Erano rimasti in buoni rapporti; costretta a buoni rapporti lavorando nello stesso dipartimento, le aveva detto l'amica, che aveva parlato al suo ex del suo problema, e Assia era stata inserita d'ufficio in una scuola di eccellenza.

Questa volta Rita non perse tempo. Ne parlò subito a Cinzia, che si mise a sua disposizione, anche se da quando Lucio era entrato nel suo orizzonte sentimentale si vedevano meno; in compenso lunghissime e quotidiane erano le telefonate.

Oltre a facilitarle il rilascio della certificazione, Cinzia l'aiutò a compilare il questionario on line, necessario per la conclusiva procedura di legittimazione ereditaria.

Più di cento furono le domande a cui, a casa sua – in un pomeriggio di tè verde e musica new age – con il suo preziosissimo aiuto senza tentennamenti rispose. E con grandissimo divertimento di entrambe, quando scrissero un grosso *No* accanto alla domanda riguardante l'eventuale «condivisione e/o familiarità di residenza, studi, meeting di varia natura e in qualsivoglia forma, con individui di razze non affini e non confacenti».

Risero fino alle lacrime, ripetendosi l'un l'altra l'ilare domanda, mentre vividamente rievocavano l'immagine dinoccolata di Mhatzi: un nero più nero della notte, volubile e cangiante come i paesaggi del suo paese, che prima di iniziare la storia con Lucio – l'unica importante dopo il divorzio – veniva spesso virtualmente a visitarla nel suo solitario letto di single.

Era accaduto anni prima, al tempo della sua passione per la fotografia durante uno dei tanti viaggi, che in quell'epoca faceva in cerca di sguardi inediti sul mondo. Una sorta di frenesia la spingeva a catturare più paesaggi, più volte, più vita che poteva: la macchina fotografica era diventata un prolungamento esterno, oggettivante, della sua memoria. Immagini che non sempre stampava.

Le bastava saperle esistenti nella chiavetta, dove, appena rientrata, le trasferiva; di pendrive ne possedeva di ogni forma e capacità di memoria; zeppe di files le riponeva nei posti più impensati della casa, convinta che, ben conservate, sarebbe riuscita sempre a ritrovare ciò che cercava. Perdendole invece di vista, e per anni spesso scordandosi della loro esistenza.

Il viaggio nel profondo sud di Stranìa era stato intensissimo, ma a sorprenderla più di ogni cosa era stata la scoperta di paesaggi verdissimi e di una vegetazione quasi alpina.

La guida locale Mhatzi, che fin dal primo momento le aveva mostrato una speciale attenzione – un indugio di consapevoli sguardi e casuali sfioramenti, che molto la eccitava – spiegò al gruppo che il suo era un paese plurale, dove tutto, dopo la fine dell'apartheid, pacificamente conviveva: il deserto e il giardino, la frescura e il calore. Fu con la complessa spiegazione botanica di una pianta sconosciuta e bellissima – la protea – che era iniziato il loro rapporto. «Io sono come questa – le aveva sussurrato il ragazzo indicandole la foltissima corolla di petali di una protea in fiore – non puoi mai trovare il centro. Provaci però, non si sa mai...».

E lei ci aveva tentato.

L'attrazione per Mhatzi era stata immediata; le piaceva tutto di lui, ma l'avvinceva soprattutto il modo seduttivo di parlarle: l'ironica superiorità di chi sa rispetto a chi non sa. Era giovanissimo, ma quando erano soli si comportava come fosse stato suo padre, «Sei disarmante. Una bambina – le diceva – e hai bisogno dell'uomo nero. Per difenderti dai lupi cattivi: tutta per me devi essere». Un erotico gioco verbale, che iniziava e finiva, notte dopo notte, nei transitori letti d'albergo: il loro rapporto era esclusivamente notturno.

Né avrebbe potuto essere altrimenti. Giravano voci a Nordìa di questionari che guide e accompagnatori dovevano compilare per ogni viaggiatore; di accordi sotto-banco, tra i servizi informativi nordiensi e quelli dei paesi di destinazione, per l'allestimento di reality-fiction erotici, con trasgressivo piacere degli ignari viaggianti; e piena soddisfazione delle vigilanti autorità, che al momento opportuno potevano utilizzarli. Cinzia al riguardo l'aveva di nuovo rassicurata – bufale giganti, le aveva detto – e non mentiva: benché lavorasse alla *Comunicazione*, era più critica di lei verso il sistema, anche se, certo, per il lavoro che faceva non poteva gridarlo.

Che Mhatzi non fosse l'attore di una prestabilita location erotica ne era certa: non era finzione quella passione di mani e sguardi, che sentiva sulla sua pelle, nelle sue viscere.

All'alba lui se ne ritornava nella sua stanza. Qualche ora di sonno separato, e la mattina si riprendeva –

insieme e indifferenti – la corsa. Due settimane di vita liberata e ludico sesso.

La complicità con Cinzia era totale; tutto di quelle notti voleva sapere, e tutto lei le raccontava con un'eccitante dovizia di dettagli; anche lei aveva le sue storie, di cui a sua volta le faceva un puntuale resoconto.

Alla fine di quel viaggio il ragazzo l'aveva salutata con la promessa – da lei però avvertita come una minaccia – che prima o poi sarebbe venuto a Nordìa a trovarla: clandestino o con un permesso di lavoro; era poliglotta, plurilaureato, e sapeva fare di tutto. Si erano scambiati indirizzi, telefoni, e-mail; ma, dopo tanti anni, e tante altre storie, continuava a sentire un profondo rimorso per la vigliaccata: quelli che lei gli aveva dato erano volutamente sbagliati.

Alcuni mesi dopo quel viaggio, l'agenzia le fece recapitare un pacchetto contenente un intero servizio fotografico sulla flora di quella zona australe, e una foto di lei e Mhatzi allegramente insieme a osservare una pianta, con una nota di accompagnamento dove, con espressioni di ossequioso rispetto, Mhatzi le inviava quanto, come da accordi, «la dottoressa Rita Massa aveva ordinato, e anticipatamente pagato». Ma lei non aveva né ordinato, né pagato niente. Quella foto le bruciava tra le mani, mentre angosciosamente si domandava chi l'avesse scattata.

Si guardò bene dal rispondere, raccomandando tassativamente all'agenzia di non comunicare a nessuno i suoi dati.

Non c'era stato seguito alla cosa, e aveva ritenuto definitivamente archiviata quella storia fino al giorno della convocazione dal notaio, a quella sera di inizio estate: al nero, strattonato dalla polizia, mentre cercavano di caricarlo sul 15, il bus-prigione che girava notte e giorno per le strade di Nordìa, arrestando gente sospetta e clandestini. Non ne era sicura, ma le era sembrato Mhatzi.

Per evitare imbarazzanti coinvolgimenti, nel dubbio aveva svoltato l'angolo, accelerato il passo.

«Per cautela – si rassicurava – lo sa tutto il mondo come stanno le cose a Nordìa...».

Una sottile crepa, un'incrinatura, però, le restava dentro.

3

Non era solo il volto di Mhatzi a inquietarla, ma anche le piccole infrazioni in cui, senza volerlo, sempre più spesso incorreva. E l'eredità, la ristrutturazione, il pensiero del trasloco.

E l'imprevedibile notizia dell'arrivo di Assia.

La più giovane e promettente ricercatrice del convegno, aveva scritto il più importante giornale della città, rivendicandone l'origine nordiense e riportando a tutta pagina la foto di una bellissima donna, sinuosa e sexy; un'altra Assia, rispetto alla magrissima e sempre incazzata adolescente che era stata: avvertendo come una dolorosa trafittura la metamorfosi di sua figlia avvenuta lontano da lei, a sua insaputa.

Sui vecchi e insopiti rancori prevaleva però la gioia di rivederla.

Era elettrizzata per quell'arrivo. E felice che la figlia la trovasse in quella splendida casa, e non nel modesto trilocale della zona B, che a sedici anni aveva lasciato.

Mancavano ancora molti mesi, ma tantissime erano le cose da fare. Voleva accoglierla alla grande: sorprenderla, abbagliarla, la sua pecorella smarrita.

Prima dell'arrivo di Rita nel condominio *Sicurezza e Civiltà* di Via della Notte, dove si trasferì tre mesi dopo, arrivarono le sue piante. Quella terrazza era la piena realizzazione di un sogno, che aveva inseguito per tutta la vita: un giardino pensile, verde e fiorito, in alto, vicino al cielo; una passione che risaliva all'infanzia, quando – dopo la scomparsa del gatto Romeo – aveva cominciato a seguire sua nonna nell'orto dietro la casa, zappettando sotto la sua guida, e appassionandosi sempre di più a radicchio e ortensie.

Aveva piante di tutti i tipi. Tutto sapeva su esse – semina, fioriture, nutrimenti – di ognuna seguendo amorosamente lo sviluppo, ma anche intervenendo con drastica determinazione in caso di insetti sterminatori o malattie. E sempre chiedendo scusa alla morente.

Quel turgore di forme la commuoveva nel profondo come le parole delle sue poesie preferite. E forse più, si diceva talvolta, guardando quel pieno di vita, che colmava ogni assenza.

Dalla sua lunga esperienza attingeva le competenze botaniche; e se aveva qualche problema, a cui in libri ed enciclopedie non trovava risposta, ricorreva al web; ore e ore di navigazione, approdando in siti dislocati chissà dove, interagendo con appassionati botanici di tutto il mondo in fitti scambi di immagini e e-mail. Se anche nella rete non trovava risposta, si affidava al suo intuito. Come era accaduto con la protea, di cui era orgogliosissima. L'aveva portata dal sud di Stranìa, avvolta nel cellophane e ben nascosta nella valigia tra i suoi indumenti: nessuno alla dogana l'aveva fermata. Nonostante la profonda differenza climatica era riuscita a farla vivere e fiorire: un cespo di foglie verdissime e, al centro, simile a un cardo, un gigantesco fiore azzurro; l'amava di un amore speciale, a ogni stagione intervenendo in modo specifico per assicurarle la giusta temperatura.

Quelle piante, che erano l'invidia di chi passava sotto le finestre del suo ex trilocale, in quella vastissima terrazza – che senza soluzione di continuità girava attorno all'attico – si spersero.

Ne aggiunse molte altre, arbusti, cespugli semprevivi, e rampicanti dal folto fogliame a foglie caduche, che iniziarono la loro metamorfosi biologica, screziandosi di rosso, giallo, arancio. Colori autunnali che Rita amava moltissimo: più passavano gli anni, più forte sentiva la fascinazione di quel fulgore prima del precipizio nell'inverno.

Dopo qualche settimana le piante sembravano essersi totalmente acclimatate; lei invece non riusciva a lasciarsi alle spalle le vecchie abitudini, svegliandosi sistematicamente verso le cinque del mattino in mezzo a un silenzio sterminato: senza appiglio di rotaie, umano borbottare. E non poteva riprendere sonno.

Si alzava e andava in terrazza a osservarle ad una ad una, restando – come da bambina nell'orto della nonna – per ore a spiarle: per vederle crescere, coglierne il movimento.

Come allora, non accadeva niente.

E all'improvviso, a sua insaputa, il bocciolo si apriva, la sparacina si allungava, la mimosa d'un colpo tutto gialla.

Mai contemporaneo al suo sguardo quell'oscuro divenire di terra e cromosomi.

Sei

Seduta sul tappeto in posizione yoga, col gatto dormiente tra le gambe, Rita guardava perplessa le cataste di libri, dopo un mese ancora da sistemare. Il falegname, che quel pomeriggio aspettava per il montaggio delle librerie, aveva disdetto.

C'era un silenzio abissale nel condominio. Tutto sommato, meglio così, si disse. Finita la sistemazione, si sarebbe concentrata nella scrittura senza distrazioni. Nella vecchia casa non le era possibile; chiudeva le imposte, accendeva il computer, ma ogni volta le voci della vita restavano appese alla finestra, come un seducente brusio ai margini della percezione. Lasciava perdere, e usciva.

Mise un ciddì nel lettore.

Era immersa nei suoi pensieri e nella musica, quando il campanello squillò perentorio. Non aspettava nessuno. Andò ad aprire col cuore assurdamente in tumulto.

Si trovò di fronte a entrambi i condomini dei due appartamenti del piano sottostante, sul cui complessivo perimetro si estendeva l'attico: l'arcigna signora Rossini, e il magrissimo e occhialuto Capocondomino Craverio, che tutti nel condominio chiamavano «il Professore»; il cognome le ricordava qualcosa, che non riusciva però a individuare.

Li incrociava di frequente; l'ascensore infatti concludeva il suo percorso al quarto piano, da dove, a piedi per una breve scala, arrivava a casa sua.

La donna senza dirle una parola le porse un sacchetto di plastica trasparente in cui erano contenute esattamente sette foglie secche, scendendosene senza accennare a un saluto. Rita riconobbe subito il fulgido rosso autunnale di un rampicante, che d'estate si ricopriva di un vellutato fogliame e di profumatissime campanule viola.

L'uomo, minacciosamente sillabando – quasi a volere incidere sillaba dopo sillaba le parole nella sua mente – l'avvertì che per regolamento era vietato tenere piante decidue negli spazi esterni, ma ancora più interdetto trascinare mobili e ascoltare musica a tutto volume. E tenere in casa animali. Che leggesse con attenzione, *con molta attenzione*, il regolamento condominiale, concluse, indicando indignato il gatto. Le porse altezzosamente il libretto, andandosene senza darle la possibilità di ribattere; senza che lei potesse rivendicare, come avrebbe voluto, il suo integerrimo curriculum di cittadina nordiense: mai sanzioni, mai un giorno di rieducazione, sempre il più totale rispetto del Decalogo.

Il giorno dopo Rita chiamò un fabbro e fece impiantare una rete e una serie di griglie metalliche, molto rientrate rispetto al parapetto, a cui appoggiò arbusti e rampicanti, ottenendo dei bellissimi effetti di verde diffuso.

Ma cominciò un vero tormento. Appena si alzava un po' di vento si precipitava in terrazza a controllare, finendo nei giorni di mal tempo col restare ininterrottamente dietro i vetri a vigilare foglie e vento.

Fin dalla prima riunione condominiale aveva avvertito una sorta di preconcetta ostilità nei suoi confronti. In un primo momento aveva pensato di smussare la rigidità dei condomini, invitandoli tutti a un drink in terrazza. Aveva lasciato perdere: incrociandola, nemmeno la salutavano, come se lei, la nuova arrivata, fosse invisibile. Intralciandola invece in ogni modo.

Per tentare di impedirle i lavori di disimpegno di una parte dell'attico, che si proponeva di affittare, avevano messo in campo avvocati, tecnici e uffici comunali. Legittimo e certificato risultò invece il suo intervento.

Noi e *lei*, questi i pronomi che usavano, come se non facesse parte del condominio.

«Noi: da sempre qua, e prima di noi, i genitori, i nonni».

«Lei: l'ultima arrivata. Che spadroneggia. Vuole comandare».

«Non glielo consentiremo. Sappiamo chi è lei», aveva concluso sibillino il Professore durante la prima assemblea condominiale a cui aveva partecipato. Un coro di «bravo, bravo» aveva accolto le sue parole.

Lì per lì non era riuscita a capire a cosa alludesse.

Aveva saputo di che si trattava qualche tempo dopo il trasloco nell'attico, da Elisa, la condomina del secondo A, l'unica che mostrasse in privato un po' di solidarietà nei suoi riguardi; più per il piacere del pettegolezzo, riteneva Rita, che per amore di giustizia: pubblicamente, nelle assemblee, prendeva subito le distanze da lei.

La vicina le riferì della proiezione di un filmato, portato dal Professore, durante una riunione organizzata a casa dei gemelli Zampuzzi; e l'avevano vista tutti, in quel video, mentre prendeva le difese di un gruppo di lavoratori fuoriluogo, che attribuivano alla Lega degli Intransigenti la responsabilità degli incendi delle loro case; e dei morti, degli ustionati. Che invece gli autori erano stati loro stessi, con i loro comportamenti senza civiltà, come l'inchiesta aveva successivamente dimostrato. Assassini, allora come ora, aveva concluso la vicina, riportando il commento del Professore.

Quella vecchissima intervista prima, e adesso le piante; ma dove vogliono arrivare? si domandava.

Non sopportando più quelle intimidazioni, decise di parlarne con l'Amministratore, che la prese confidenzialmente sottobraccio consigliandole un po' di pazienza: che doveva capire... un gruppo già consolidato, con una precisa identità condominiale; e lei, una straniera si può dire, ma piano piano si sarebbero abituati. Lui del resto, concluse, si occupava solo della parte squisitamente economica, per tutto il resto ci pensava il Capocondomino – il Professore, l'insigne Accademico – che con generosità si prestava a questa banale incombenza.

Col passare delle settimane le rimostranze dei vicini si intensificarono. Dopo le foglie fu la volta della polvere della musica del soffritto d'aglio dell'odore di caffè dello stracotto di carne dei tacchi – il cui uso negli appartamenti era vietatissimo – mentre ogni volta che la sera, rientrando, chiudeva il portone, la moglie di un *allettato* del piano rialzato si affacciava per l'inevitabile commento sull'universale mancanza di rispetto per chi stava male; chiudendo, poi, rumorosamente la porta del suo appartamento.

Né scarpe, né musica. E nemmeno sesso. A ogni movimento sospetto il grande orecchio del piano di sotto interveniva battendo il suo bastone sul soffitto, spesso immotivatamente svegliandola nel sonno.

La prima volta era successo poco dopo il trasloco, una sera che Lucio era rimasto a dormire da lei. Avevano brindato alla nuova casa, ridendo e rotolando abbracciati tra libri e oggetti sparsi sul letto, fino a un simultaneo gemito che il Professore aveva sottolineato con furiosi colpi di bastone.

Viveva in una condizione di perenne ansia, continuamente domandandosi quanti decibel avesse oltrepassato, quante gocce d'acqua, quante foglie, fossero cadute nel piano di sotto, quale odore di cibo dilagasse irrefrenabile negli angoli più reconditi del palazzo; un meticoloso consuntivo in cui non riusciva a trovare niente. Un niente che, mettendola ancora più in agitazione, moltiplicava la sua ansia.

Rientrando da fuori talvolta aveva l'impressione che qualcuno fosse entrato in casa durante la sua assenza. Spostando oggetti, frugando tra indumenti e manoscritti. O le sembrava di sentire un respirare profondo dietro la porta. Andava ad aprire: nessuno.

Solo una volta vide il Professore fermo all'inizio della breve scala che portava all'attico; guardandola fisso, con le labbra mimò la parola *troia*, rientrandosene a casa sua impettito e senza battere ciglio. Aveva cominciato a dubitare di sé: forse ricordava male, forse tutto era una sua impressione enfatizzata. O frutto di incontrollabili allucinazioni persecutorie.

Per non incappare in altre involontarie manchevolezze e farla finita con quell'irragionevole ansia, Rita decise di leggere il regolamento che aveva messo da parte, scoraggiata dalla minuziosa formalizzazione di permessi e divieti.

Sfogliandolo si accorse che negli articoli riguardanti i rumori molesti il Professore aveva evidenziato con un pennarello rosso l'acquisto, obbligatorio per ogni condomino, di un misuratore di decibel, tarato e sigillato; lo strumento registrava il livello del rumore domestico, fastidiosamente sibilando se si oltrepassava una certa frequenza. Una prova pesante come un macigno, in caso di controversie giudiziarie.

Una serie di altri supporti opzionali venivano vivamente consigliati: il catering condominiale per evitare molestie olfattive; una sorta di mascherina in forma di cagnolino, orsetto o snoopy per i bambini, le cui grida, introiettate, risuonavano solo nella mente del piccolo gridante; e il *materasso dell'amore* che, quando il livello della performance erotica si alzava, emetteva tre sibilanti bip, mentre in caso di recidiva i rumorosi attori venivano sbalzati dal letto senza misericordia. In tivù aveva visto più volte la pubblicità del supporto, che era molto efficace: la rappresentazione di cigolii, gemiti, sospiri di due amanti furiosamente avvinti. Ma spettrale e atona: come se alla vita fosse stato tolto il sonoro. Diventando improvvisamente silenzio, sordità.

Con tutta la sua buona volontà non riuscì ad andare oltre il venticinquesimo articolo, che riguardava la detenzione domiciliare di animali. Oltre a serpenti iguane coccodrilli, e altre esotiche creature, totalmente interdetto era – per questioni di pubblica sanità – tenere negli appartamenti cani, gatti, uccelli, tartarughe e qualsivoglia animale domestico, senza pass ministeriale e patente sanitaria. Nel caso di illegale detenzione, oltre a una salatissima multa, le bestie venivano requisite e portate nell'*Animalia Hospital*; Rita rivide quelle immagini di insopportabile dolore animale che l'avevano tormentata ai tempi dell'università. Doveva trovare una soluzione per il gatto. La trovò subito, occultata tra le righe dell'articolo: il divieto riguardava gli interni; avrebbe trasferito il gatto, in una cuccia, in terrazza.

Tirò un sospiro di sollievo, e saltò direttamente all'ultimo articolo, il centonovantanovesimo: quello istitutivo della ronda condominiale, ideata dal Professore; *una messa in sicurezza totale* del palazzo per proteggere privacy e beni. In grassetto e corsivizzate erano le parole poste a epigrafe sull'ultima pagina, che parafrasavano quelle conclusive del Decalogo.

«Con l'applicazione integrale e senza cedimenti del presente regolamento il palazzo sarà una fortezza inespugnabile a qualsivoglia fuoriluogo».

La tremenda parola balenò minacciosa, mentre il volto affilato del Professore emergeva baluginante ma senza identità dal buio del già stato.

Sì, certamente l'aveva già visto, quel volto: ma dove? Quando?

All'improvviso ricordò. L'Accademico Craverio: l'eroe nazionale! L'intransigente revisore!

Insieme a slogan, sventolio di bandiere, folle acclamanti al padre della patria, dal fondo di quel passato risalì anche un episodio – avvenuto quando Nordìa non era ancora Nordìa, e l'Accademico non era ancora Accademico – che aveva scosso fortemente l'opinione pubblica: mobilitazione popolare, manifestazioni, scioperi, fino alla richiesta di messa al bando di *Rinascita sociale e Tradizione*, i cui associati, con a capo il teorico Attilio Craverio, erano implicati in un'oscura vicenda di riduzione in schiavitù di bambini straniensi. Era stata l'ultima mobilitazione di massa prima dell'inizio dell'Epoca.

Condannati in primo grado, col nuovo corso erano stati tutti quanti riabilitati e indicati come esemplari eroi di resistenza nazionale ingiustamente perseguitati, non essendo reato cacciare in qualsivoglia modo i fuoriluogo, pericolosi anche in fasce per la sanità fisica e morale di Nordìa; e i giudici ideologizzati, che avevano pronunziato quella sentenza, pubblicamente smascherati e cacciati dalla magistratura; e i più resistenti portati nel *Centro Fuoriluogo Reformer* – i CFR, come venivano più sbrigativamente indicati.

Lei, comunque, non aveva da temere.

Era una nordiense pura: da generazioni e generazioni.

Al sicuro, come in una botte.

Secondo movimento
Occhi aperti e pallottola in canna...

Non c'è da meravigliarsi se il sorriso di
Monna Lisa è così storto.

KURT VONNEGUT

Sette

L'Accademico Attilio Craverio aveva letto tutti i libri, cartacei e on line, che in un'esistenza è possibile leggere. Da giovane indiscriminatamente: di tradizionalisti e sovversivi, attingendo da entrambi a piene mani; dagli uni ciò che bisognava restaurare, dagli altri ciò che bisognava eliminare ma saccheggiandone spesso il linguaggio.

Riconosceva ai sovversivi una mobilitante forza di parole, che adattava al nuovo, ribadendo nei suoi scritti e nei suoi discorsi che era il contesto a fare il testo: la luce della nuova Epoca a rifondare linguaggio e verità. Attingeva alla botanica per l'esemplificazione; la sua metafora privilegiata era l'alloro: gloria – le foglie – intorno al capo dei poeti; veleno per chi – ancora verdi – le ingeriva.

Strettamente coniugandole a *etnia, sicurezza, economia*, le parole *rivoluzione, democrazia, libertà*, erano divenute mobilitanti leve di massa durante la Grande Emergenza, e lettera e senso della rifondazione dell'epoca, a cui si era dedicato anima e corpo, profondendo tutte le sue energie in una radicale opera di bonifica etnico-storica. Una revisione onerosissima. Ma solo quando ogni allarmante diversità era stata individuata ed espunta – sia dal vivo presente sia dal passato storico di Nordìa – ritornava in pace con la sua coscienza: le sue funzioni vitali si normalizzavano, riprendendo a mangiare con appetito, a defecare serenamente, a dormire sonni senza incubi.

Da qualche tempo però, nonostante ronde, polizie, innovative tecnologie di controllo, sempre più spesso fuoriluogo, liberal, graffitari, venivano sorpresi nella city: un allarmante permissivismo che lo metteva in agitazione, ogni piccolo smottamento potendo generare una valanga.

Aveva perciò apertamente osteggiato quell'enfatizzato convegno internazionale di genetica; a cui invece quasi provocatoriamente era stato delegato a tenere la prolusione d'apertura: da *grande inquisitore* – il soprannome con cui amici e nemici durante la Grande Emergenza lo indicavano – ridotto a *inquisitore d'astuccio*, come talvolta lui stesso con amara autoironia si definiva; ma a cui tutti, intransigenti e modernisti, nei momenti politicamente critici ricorrevano. Quel soprannome – implicito riconoscimento per l'opera compiuta che molto lo aveva inorgoglito – sussurrato adesso tra sorrisini da ex intransigenti diventati modernisti, lo faceva fortemente incazzare, avvertendovi una derisoria sopportazione per la sue idee *passatiste*.

Di fatto da anni era stato estromesso dalla *General Management Ministerial Area*: venerato come una reliquia, ma relegato a tagliare nastri, a tenere *lectio magistralis* in convegni e accademie; un'imbalsamazione politica, a cui, con tutte le sue forze e i suoi stretti legami con i Servizi, cercava di opporsi, aspettando il momento giusto per rimettersi in gioco.

Nell'attesa, ritiratosi sostanzialmente a vita privata, l'Accademico Craverio continuava a coltivare la passione per la storia patria, dedicandosi alla ricostruzione storica del palazzo dove abitava.

Parcellizzato e ristrutturato in appartamenti, da più di un secolo si era persa ogni traccia dell'originaria pianta, che cercava di ricomporre ripercorrendo genealogie, passaggi di proprietà, interventi edilizi, attraverso ricerche cartacee ed esplorazioni elettroniche; espertissimo navigatore virtuale, non disdegnava all'occorrenza clandestine incursioni in archivi pubblici e privati secretati, con facilità forzando password e credenziali d'accesso.

Una ricerca intrapresa non per puro interesse di storico, ma per spirito di servizio al condominio: per blindarlo, metterlo al sicuro, cercando tra mappe e disegni eventuali tracce di segrete e cunicoli; attraverso cui malnati e clandestini potevano penetrare negli appartamenti. E rubare, uccidere, minacciare la città tutta. Una possibilità che l'Accademico riteneva più che mai concreta, dopo la svolta modernista.

Era così concentrato nei suoi studi che ordinava anche la spesa via e-mail; solo una volta la settimana usciva di casa, spingendo la carrozzella del suo amico di sempre, Roberto Fanenti, fino al Circolo degli Intransigenti, dove restava per qualche ora impegnato in focose conversazioni con gli altri associati sul futuro di Nordìa, tutti auspicavano un ritorno al battagliero rigore delle origini. Altissimo esempio vivente ne era proprio il massiccio e inebetito ex primo sindaco di Nordìa, da anni immobilizzato sulla carrozzella; colpito da piombo amico durante un raid contro un campo di fuoriluogo, che lui, in prima persona, armato di bombe e ordinanze municipali capeggiava.

Il sodalizio politico e umano, che indissolubilmente li legava, risaliva al tempo della comune militanza in *Rinascita sociale e Tradizione*: lui, Attilio, l'imbattibile teorico; Roberto, il generoso uomo d'azione, che non aveva mai avuto paura di sporcarsi le mani, rispondendo stupro a stupro, violenza a violenza.

Occhi aperti e pallottola in canna era stata la loro parola d'ordine durante la Grande Emergenza: un parlar chiaro e duro, apprezzato e condiviso dagli ex compagni di lotta, molti dei quali, però, in nome della nuova immagine internazionale di Nordìa, non ritenevano più *politically correct* quell'imbarazzante dire.

In verità l'unica vera vita sociale per l'Accademico era quella del condominio, dove, per le sue competenze e il suo sapere, era un'autorità indiscussa: consigliava, suggeriva, sentenziando infine senza appello; dalle sue risposte discendevano il lecito e l'illecito, il consentito e l'interdetto nella vita condominiale.

Come una bomba l'aveva colto la notizia, che in anteprima qualche mese prima l'Amministratore gli aveva dato: l'attico, da quarant'anni vuoto, sarebbe stato ristrutturato e abitato da una lontana parente del vecchio proprietario, morto in Stranìa senza figli; una cosa sicura, aveva concluso: era stato chiamato personalmente dal notaio per la consegna delle chiavi.

Fin dalla prima volta che aveva visto la nuova proprietaria, il suo verdetto era stato perentorio: inaffidabile.

L'aveva osservata attraverso lo spioncino, mentre, uscita dall'ascensore insieme all'Amministratore, si apprestava a salire nell'attico: le gambe scattanti, come se avessero fretta di correre verso gioie sconosciute, e l'abbigliamento provocatoriamente *négligé*, per meglio evidenziare il sinuoso del suo corpo. A inquietarlo erano stati soprattutto i bracciali etnici d'argento, grossi come manette: una propensione di gusto, un'attrazione verso tutto ciò che a Nordìa era culturalmente interdetto e socialmente al bando. Aveva indagato e scoperto. E comunicato la cosa agli altri condomini nella riunione conoscitiva a casa dei gemelli Zampuzzi; dopo la proiezione del video la preoccupazione si era impadronita di tutti, tutti reciprocamente sollecitandosi a un energico controllo.

Ma da quando la nuova proprietaria si era trasferita nell'attico era cominciata l'ossessione. Ne percepiva ogni movimento: camminare, tossire, aprire l'acqua della doccia, tirare lo sciacquone, fumare. Sì, fumare. La puzza di fumo delle sue sigarette scendeva le scale, forzava la porta, s'insinuava tra le sue carte, arrivando alle sue narici; e da lì dilagando tra le circonvoluzioni del suo cervello.

Si distraeva dai suoi studi, seguendo le invisibili volute di fumo e le sue dita, immaginandola mentre lascivamente accarezzava il morbido pelo del gatto. Che a lui provocava disgusto fisico e allergia intellettuale.

Sapeva che riguardo al fumo non c'erano i termini per una denuncia, ma aveva voluto parlarne lo stesso, en passant, con un grande giurista, amico suo, prospettando la cosa come un'ipotesi teorica: può darsi che nelle pieghe del Decalogo si potesse trovare la possibilità di un'interpretazione restrittiva, gli disse. Riguardarono insieme norme e giurisprudenza. Nessuna possibilità: se il fumo passivo non arrivava direttamente ai polmoni del denunciante, per chiunque – soggetto collettivo o singolo – l'azione giudiziaria sarebbe stata perduta in partenza. Per il gatto, sì: il divieto di detenzione era assoluto. Si poteva procedere immediatamente, volendo, con la requisizione coatta dell'animale.

Una sera il Professore sentì un complice parlottio sul pianerottolo, dallo spioncino vide la vicina uscire dall'ascensore insieme a un uomo, che riconobbe subito in un tenore del Teatro Lirico Nazionale, e salire abbracciati verso l'attico. Si mise in attento ascolto di passi, rumori, del remoto intrecciarsi di voci, senza però decifrare esattamente parole e movimenti. Non riuscì a prendere sonno, pensando ai due sopra la sua testa, e il gatto, sinuoso e nero, in mezzo a loro: li vide a letto insieme, immaginandone respiri, sospiri, carezze. Andò in bagno e sputò solennemente nel lavandino. «Puttana. Con chi capita. Nel mio palazzo», concluse indignato.

Ormai non c'era più verso di dormire. Si alzò. Si rivestì. E, come era solito fare in quei casi, decise per una passeggiata distensiva in macchina.

Si lasciò alle spalle il Castello e la città, che attorno ad esso si stendeva col suo buio carico di merci e umanità, dirigendosi verso la provinciale.

Guidava lentamente, a passo d'uomo, osservandole tutte attentamente – nere, bianche, olivastre – le puttane che, dopo l'ultima retata, lì si erano trasferite, ed esercitavano. Cacciate da un posto rispuntavano in un altro.

Avevano del tutto abbandonato lo spazio attrezzato fuori città, loro riservato, perché poco apprezzato dai clienti, ed erano tornate a popolare di schiamazzi le notti e le strade periferiche e viciniori. Al divieto di accendere i falò, avevano supplito con pile a batteria che puntavano sulla parte del corpo ritenuta eroticamente più seducente: cosce, seni, pelume, improvvisamente illuminati, apparivano magicamente sospesi nel buio della campagna.

«Trovano sempre il modo di sfuggire a regole e controlli», pensava sempre più indignato l'Accademico. La collera gli inondava cuore e mente: spaccarle in due quelle troie, una a una, fino a quando non chiedevano pietà, non imploravano il bene della morte.

L'inaspettata visione di un volto quasi infantile, chiuso nel cerchio traballante di una pila, lo bloccò. Dal volto la piccola luce si spostò subito sulla peluria bruna e fitta di un pube; poi di nuovo sul volto, in un continuo rimando di bocca e sesso.

Aprì lo sportello. La ragazza sembrava poco più di una bambina. Al primo incrocio lasciò la provinciale, risalendo la collina fino a una strada sterrata che decisamente imboccò in direzione di un vecchio rifugio interrato, costruito per un'eventuale difesa; mai utilizzato e del tutto dimenticato.

La ragazza fece resistenza. «No, qui no», disse decisa; e tirò fuori il cellulare dalla borsa, che l'Accademico le strappò di mano, spingendola a forza dentro.

Ne uscì dopo circa un'ora. Solo.

Si spolverò il vestito, si rassettò i capelli scompigliati, cercando inutilmente di rimettere a posto la stanghetta degli occhiali rotta. Desistette. Lanciò un'ultima occhiata al rifugio, e mise in moto.

Un viaggio difficoltoso, quasi alla cieca.

Era ancora buio pesto, quando, esausto, rimise piede nel condominio di Via della Notte.

Otto

I

Le più strane figurazioni fanno da logo a stemmi araldici e bandiere – alberi, onde, draghi, e talvolta persino asini volanti, neonati in fasce – per rappresentare lo spirito fondante di una famiglia o di una comunità.

L'immagine di Argo, con i suoi cento occhi sparsi per tutto il corpo, campeggia sulla bandiera di Nordìa, a simboleggiare il costitutivo binomio della sua architettura statuale: *stato totale* – ma non totalitario, recita il Decalogo – e *democrazia interattiva,* che, articolandosi in una fitta rete di nodi, snodi, sondaggi, raccorda individuo e istituzioni, la *surveillance* di Servizi e polizie con la *sousveillance* di ronde e cittadini in una responsabile compartecipazione e organica condivisione di società civile e sicurezza.

A differenza di quelli della raffigurazione mitica – metà veglianti, metà dormienti – sulle bandiere di Nordìa gli occhi di Argo si dispiegano tutti spalancati e fieramente all'erta, resistendo insonni a tempeste e venti maligni.

Rita Massa risaliva, *pede lento,* il leggero declivio che portava all'*Olimpo,* come universalmente era chiamato il Castello, dove si appollaiava tutto il personale – consiglio, commissioni, funzionari e segreterie – della *General Management Ministerial Area.*

La convocazione al *Security Center* le era caduta come una tegola in testa. «Quel bastardo! È stato lui!» pensava furiosa, pentendosi subito dopo dei suoi pensieri, come se gli occhi del gigantesco Argo ondeggiante in cima al Castello potessero scannerizzare la sua mente.

Si fece un accurato esame di coscienza. Non trovò niente, né nel suo passato, né nel suo presente; a parte i piccoli dissidi con i condomini, nulla che potesse motivare quella convocazione al *Security*, che entrava in campo solo per complotti e fuoriluogo.

L'incontro era fissato per le quindici; aveva ancora mezz'ora. Si sedette su un sedile di pietra nella grande piazza d'armi davanti al Castello, dove degli antidiluviani cannoni facevano bella e minacciosa mostra, richiamando il passato guerriero della città.

Prese una sigaretta che tenne tra le dita senza accenderla, ricordandosi con improvviso terrore del divieto di fumo, ma doveva a tutti i costi ritrovare la calma per quell'incontro.

Ripensò alla storia della *fragola zen*, che il Maestro – che per qualche tempo aveva entusiasticamente seguito – le aveva indicato come metafora di bellezza e pratica di rilassamento.

Chiuse gli occhi: la sconfinata vastità del mare dilagò nella sua mente; poi una distesa di fiori viola ai piedi di un ghiacciaio; e le stelle infine, brillantissime nel nero profondo delle notti australi. E con quelle stelle ancora nella mente, seguì l'indicazione per raggiungere il luogo della convocazione; un percorso labirintico tra lunghi corridoi e larghi disimpegni, che, senza quei cartelli segnaletici, non avrebbe mai raggiunto.

Fu fortemente sorpresa di ritrovarsi in un'accogliente e deserta sala d'attesa, con mobili d'epoca e stampe dell'antica Leviana alle pareti. Una profonda serenità sembrava avvolgere ogni cosa, anche i suoi passi attutiti da un grande tappeto. All'improvviso, come sbucato dal nulla, si ritrovò accanto un signore distinto con sottili occhiali e sottilissimi baffetti. «Si accomodi dottoressa Massa» le disse; con passo elastico e spiazzante cerimoniosità le aprì la porta, andandosi a sedere dietro un grande tavolo di ciliegio. Tutto, in quell'ufficio, era sobrietà e certezza di giustizia, che l'Alto Funzionario sembrava con saggezza e discrezione amministrare.

Le offrì una sigaretta. Lo guardò interrogativa. «Qua si può», insistette l'uomo. Benché ne avesse un desiderio bruciante, rifiutò.

Gli chiese il motivo della convocazione. «La prassi: questo ufficio preferisce avere un rapporto diretto e ravvicinato con i cittadini, specie quando c'è qualche piccolo problema. Stia stranquilla. Convochiamo quasi sempre per eccesso di zelo», le rispose, mentre nel computer analizzava il dossier abitativo che la riguardava.

A Rita non sfuggì la sottolineatura vocale di quel *quasi*.

«Sostanzialmente a posto – aggiunse – a parte qualche eccesso sonoro e olfattivo, e la detenzione abusiva di gatto in appartamento, a cui – è vero – lei ha già provveduto. Un provvedimento, che però può essere impugnabile. Certo, prima della Grande Emergenza lei la pensava diversamente, diversamente agiva...», proseguendo in una lunga e labirintica conversazione: velate minacce si alternavano al riconoscimento della sua trasparenza politica, concludendo che tuttavia bisognava sempre vigilare, stare in guardia.

Andò verso un armadio da cui trasse un video con l'indicazione sulla copertina del suo nome. Glielo mostrò: «Non si preoccupi. Tutti abbiamo qualcosa che avremmo voluto non aver commesso... L'importante che resti là, in quel passato... Perché a volte ciò che è alle spalle ci oltrepassa, si fa pericoloso futuro. È meglio esser cauti, non fidarsi troppo di se stessi...».

«Un errore... poco dopo l'entrata in vigore della Grande Emergenza...», Rita mormorò smarrita, domandandosi cosa volessero esattamente da lei, perché alla Sicurezza avevano di nuovo riesumato quell'intervista.

Era già sulla porta, quando l'Alto Funzionario la richiamò.

«Lo conosce?» le chiese mostrandole sul computer il volto di Mhatzi.

Si confuse, negò, aggiungendo subito dopo che forse sì, lo conosceva, molto assomigliando alla guida turistica autoctona del gruppo di cui aveva fatto parte durante un viaggio nel Sud Australe. Ci aveva tentato con tutte, precisò, anche con lei, ma mai corrisposto; poteva testimoniarlo la sua amica Cinzia Rocca. Disavventure di viaggio, concluse con voluta leggerezza.

«Può darsi che dovrò convocarla ancora – le disse a congedo l'Alto Funzionario. – Nel suo palazzo abita uno dei più fulgidi eroi di Nordìa, l'Accademico Attilio Craverio, ancora operosamente impegnato nella difesa del superiore interesse della nazione. Gli porga i miei rispetti, e quelli della *Security Hausing*...».

Riattraversò corridoi, scale, corrimano e vigilantes tra i vigili occhi di Argo, che da ogni drappo, insegna, maniglia di porta, la seguivano. Quando fu fuori cercò di respirare profondamente, ma il respiro si bloccò nella gola.

L'immagine di Cinzia obliquamente lampeggiando le attraversò la mente. Impossibile. Eppure solo lei sapeva.

La chiamò subito al cellulare, raccontandole concitatamente dell'incontro, dei sospetti su Mhatzi, di spiegarle, di testimoniare eventualmente per lei.

Cinzia le rispose offesa che non le doveva né spiegazioni, né testimonianze; sapendo il lavoro che faceva alla *Comunicazione*, non avrebbe dovuto nemmeno chiederglielo. Voleva che testimoniasse il falso? Non un'amica, ma una nemica era.

Invece di ritornare a casa, s'inoltrò nel parco a ridosso del Castello; si sedette su una panchina, scorrendo a ritroso, sequenza dopo sequenza, il suo rapporto con Cinzia, fino alla ripresa della loro amicizia dopo anni di silenzio. Quell'improvviso presentarsi a casa sua, poco dopo quella disgraziata intervista, avrebbe dovuto metterla in guardia; si era data invece senza riserve a quel ritrovato rapporto di confidenze e complicità con la sua vecchia amica, fino all'incontrollabile intimità in una sera di vino e fumo, distese sulla sabbia, al mare: il casuale sfiorarsi dei corpi, poi lingua e dita dentro, sempre più dentro. Un sigillo di sesso alla loro amicizia. Che, però, era finito lì, entrambe temendo che la ripetizione potesse incrinare la gioiosa libertà del loro rapporto.

Una confidente invece. Una spia.

Accese una sigaretta che fumò tutta, voluttuosamente. E dopo quella, un'altra e un'altra ancora. Restò per ore a guardare assorta il cielo che impallidiva, diventando quasi latteo prima di cedere al buio.

Ritornò nel suo attico che era già notte. Accese tutte le luci, come a fugare la densità d'ombra da cui si sentiva stringere sempre più. Anche lì, a casa sua, occhi a spiare la sua vita.

Con furia fece a pezzi l'occhiuto mazzo di penne di pavone – un vezzo un po' rétro nel suo attico minimalista – che si era portato via dalla casa di sua nonna, seguendola di trasloco in trasloco.

Ma quegli occhi continuavano a spiarla. L'Accademico. L'Alto Funzionario. Cinzia. Un groviglio di pensieri attorno a cui girava e rigirava. Per ore.

Frastornata e confusa, rimandò al giorno dopo ogni decisione. Una tisana, e andò a letto; un inquieto oscillare tra sonno e dormiveglia, mentre il suo respiro oltrepassava le pareti, rotolando come dilagante tuono da un pianerottolo all'altro. Svegliando i condomini. Che tutti insieme risalivano: tutti addosso a lei con i loro punteruoli; e il volto del Professore vicinissimo, le sue narici dilatate. Precipitò in un fondo peloso, tutto ragni, senza parole né sentimento.

Riemerse all'improvviso, sudata e spaesata, nel buio più totale; anche la piccola luce di sicurezza del corridoio, che per una paura irrazionale lasciava sempre accesa, era spenta.

Allungò automaticamente la mano verso l'abat-jour, continuando a premere inutilmente l'interruttore. Il buio restò buio.

Scese precipitosamente dal letto, dirigendosi a tentoni verso il bagno. Inciampò nella poltroncina che rotolò sul pavimento accendendo rumori e vibrazioni in tutto il palazzo, mentre dal piano di sotto il Professore riprendeva a battere con rimprovero e minaccia. Anche nel bagno l'interruttore girava a vuoto.

Visioni di assassini le invasero la mente.

Fuggire: a ogni costo.

Raggiunse la porta della grande vetrata che dava sulla terrazza. Il freddo della notte e il chiarore biancastro dei lampioni sottostanti l'avvolsero. La luce, fuori, c'era. E pure nel palazzo c'era. Vide per un attimo accendersi il riquadro della finestra del secondo piano.

Soltanto il suo appartamento, immerso nel buio.

No. Non sarebbe ritornata nell'informe caverna. Meglio il freddo, e quel po' di chiarore che saliva dal basso.

Passò in rassegna tutte le piante, amorosamente sussurrando i loro nomi in latino. Si fermò accanto alla protea, ne individuò i filamenti, l'infiorescenza azzurra, le foglie spesse e turgide come il sesso di Mhatzi ventenne; una promessa di vita, una terra perduta non si sa quando, non si sa perché.

Sola, al freddo, in quell'umida e biancastra mezzanotte.

Un pozzo d'inconsolabile impotenza risalì, dilagò, insieme agli odori, ai sapori, alle voci del vasto e universo mondo al di là di Nordìa. All'immemore fondale di coralli e madrepore di un atollo dell'Oceano Orientale, dove era andata l'anno prima insieme a Lucio. Alle ortensie e al lago dell'infanzia. Ai suoi vent'anni. Remoti, forse mai stati. Lacrime silenziose rotolarono nel folto azzurro di quel fiore, oscurato dalla notte.

L'alba la trovò tra un alberello di mimosa e la cuccia del gatto, che dentro ronfava tranquillo.

Di nuovo giorno, di nuovo luce: poteva rientrare.

Nella tarda mattinata telefonò alla ditta che aveva fatto l'impianto elettrico. «Nemmeno finito e già fuori uso» disse irritata al centralinista, che le consigliò di chiamare il pronto intervento, altrimenti avrebbe dovuto attendere due giorni; se c'erano responsabilità, la ditta l'avrebbe rimborsata con una nota di credito a presentazione di fattura.

Un'ora dopo arrivò un giovanissimo operaio con gli occhi a mandorla, che per prima cosa andò insieme a lei a controllare il contatore, giù nell'ingresso. Era staccato. «Doveva controllare prima di chiamare», le disse, scusandosi per il fatto che doveva comunque pagare la chiamata; non andavano a lui i soldi, ma alla ditta. Appena l'extra andò via, la moglie dell'*allettato* uscì con straccio e detersivo, per disinfettare l'armadietto dei contatori.

Chi? si domandava fortemente turbata, passando in rassegna tutti gli inquilini del palazzo, benché la maggior parte di loro delegava l'iniziativa condominiale alla piccola avanguardia – armata di calunnie e intimidazioni – agli ordini del Professore. Continuamente provocandola perché commettesse qualche errore. Per farla cacciare via dal tribunale col divieto di dimora.

Quel mondo che aveva voluto lasciare dietro la porta tornava continuamente a interferire, a forzare pareti e finestre. A farsi doloroso e sconvolgente accadimento. Aveva ritenuto che la sua appartenenza a Nordìa da generazioni e generazioni, e la sua indifferenza politica, la mettessero al riparo, ma era bastato oltrepassare la zona B, entrare nella city, insediarsi in quel palazzo – legittimamente insediarsi: parlavano le carte – ed eccola diventata un'intrusa, una fuoriluogo.

La prima volta l'aveva trovato scritto in un *post* attaccato alla cassetta delle lettere: «*Fuoriluogo, via*»; ultimamente trovava *post* dappertutto: attaccati nell'ingresso, nell'ascensore, e persino dietro la porta del suo attico. E nella sua e-mail: aveva cambiato più volte identità, che qualcuno continuava a forzare.

A turbarla maggiormente era l'incontrollabile violenza dei suoi pensieri, che anche in quel momento – come un film affascinante, nonostante visto più volte – le scorrevano davanti: si vedeva mentre strappava di mano il bastone al ringhioso Professore e glielo spaccava in testa, compiaciuta degli orridi dettagli. O mentre – col coltello da cucina nascosto nella borsetta – tagliava la giugulare al distinto e palestrato dirigente del secondo B, che, quando si trovavano soli nell'ascensore, pernacchiava sprezzante, e, se gli veniva, scoreggiava.

Quella persecuzione doveva finire. Doveva far valere le sue ragioni. A Nordìa non era più come un tempo: con la svolta modernista le cose stavano un po' cambiando. E ne aveva avuto prova con la denuncia condominiale all'autorità sanitaria per detenzione abusiva di animale; non erano riusciti a far sloggiare Lampo dalla terrazza: era suo pieno diritto tenerlo in spazi aperti.

In tribunale doveva portare la cosa: denunciare tutti per stalking condominiale. Ne andava della sua salute mentale e del suo attico. Aveva la ragione dalla sua parte, e amici che potevano aiutarla.

3

Fu una sorta di pellegrinaggio. Tutti li visitò, ma tutti subito a defilarsi – gli amici importanti – appena accennava all'Accademico e all'Alto Funzionario.

Ad amareggiarla fu soprattutto la porta sbattuta in faccia da un suo vecchio amico giornalista; aggressivo e pagatissimo direttore di un giornale governativo, sparava a zero su tutto giustificando anche l'ingiustificabile: estremismi verbali, che talvolta la turbavano. Come quando in un editoriale aveva definito *legittima difesa* il gesto di un datore di lavoro, che aveva cosparso di benzina e dato fuoco a un operaio fuoriluogo, minacciosamente insistente nel richiedere il troppo ritardato salario.

Tuttavia sostanzialmente un buono continuava a ritenerlo. Dopo la separazione da Mauro, le era stato vicino, cercando di coinvolgerla in ogni modo come giornalista, e in una storia di sesso con lui; lei aveva rifiutato entrambe le cose, e la loro frequentazione si era allentata, benché, di tanto in tanto, continuavano a incontrarsi da amici comuni. E lui sempre a ribadirle amicizia e disponibilità.

Alla richiesta di un suo intervento presso la Sicurezza, il suo *no* fu perentorio, aggiungendo che peraltro sarebbe stato inutile: era nota la sua inaffidabilità politica, sia per le precedenti, che per le sue attuali frequentazioni liberal.

«Quel tenore! Me, invece, dovevi frequentare – le disse a conclusione, posandole una mano sulla coscia. – Volendo sei ancora in tempo...».

Anche l'avvocato dello studio a cui si rivolse, al nome di Craverio cominciò a mettere tutta una serie di puntelli – *se, forse, sarebbe meglio che* – assicurandole che avrebbe studiato bene la situazione, e le avrebbe fatto sapere se conveniva portare la cosa davanti al tribunale, o lasciar perdere. Che, lui riteneva a priori, il partito migliore: a prescindere da carte e giurisprudenza era nella discrezione del tribunale comminare a chicchessia il divieto di dimora per ragioni di sicurezza.

Dopo molte titubanze si decise: andò da Cinzia. Il suo tradimento continuava a tormentarla. Più ci pensava, più le sembrava incredibile: sarà stata costretta, si diceva. Doveva parlarle, sapere. Attese il suo rientro dall'ufficio e in un tardo pomeriggio andò a trovarla.

Dal salottino dove la tuttofare nera, che la conosceva bene, l'aveva fatta accomodare, sentì le grida isteriche di Cinzia; e vide il terrore nel volto della donna, che la supplicò di andar via: non sapeva il perché, ma doveva andare via, altrimenti ci andava di mezzo lei che incautamente l'aveva fatta entrare. La dottoressa minacciava di chiamare la Sicurezza per tutte e due. E con la dottoressa non si scherzava.

Mentre si allontanava stranita dalla casa di Cinzia, Rita cercava nell'ingorgo di emozioni dolorose dentro di sé tracce di quella che aveva ritenuto vita, ed era invece vuoto d'amore, cecità.

Cieca era stata, e sorda. Concentrata esclusivamente a mettere in sicurezza la sua vita, aveva lasciato che suo marito prima, e sua figlia dopo, se ne andassero; anche a Lucio aveva risposto un perentorio no alla proposta di vivere insieme. E l'eredità di suo padre: quel segno d'amore a distanza, che aveva tranquillamente accettato senza preoccuparsi di indagare le ragioni di quel gesto.

Sempre in difesa. Anche con Mina – la persona che più aveva amato –, ma quando lei le aveva detto del tumore, non si era preoccupata minimamente di indagarne la gravità, accettando senza metterle in dubbio le bugie d'amore di sua zia: che non era niente, che ritornasse serena a Leviana, a studiare. Era morta tutta sola nella casa vicino al lago. Che lei aveva venduto subito, insieme ad essa definitivamente liquidando quel già stato della sua vita.

Nove

Inutilmente continua a riprovare con dischetti e pen-drive.

Il computer non li riconosce più. E in giro non ha trovato nessun programma per recuperarli.

Il furore tecnologico, che aveva invaso tutta Nordìa – *Il tuo futuro è digitale*, era stato l'imperativo slogan – l'aveva a suo tempo contagiata, fiduciosamente affidando ad esso foto e scritture; scordandosi, col passare degli anni, di convertirli nei nuovi e più avanzati formati, che rendevano illeggibili quelli precedenti.

Del suo passato prima dell'Epoca, non restava più niente: nemmeno una foto di Mina, un articolo, una poesia.

Solo quel brulicare di volti luoghi scritture. Cieco, martellante, nella testa.

Uscì in terrazza. Lampo le saltò in braccio.

La città si stendeva quieta e smemorata attorno al Castello, con la sua folla di anime oscure dispersa in strade case luoghi di lavoro, che nessuna testimonianza di verità del suo passare avrebbe lasciato.

Anche il presente a Nordìa era invisibile, falsato da simulazioni e mockumenti; e la memoria dell'attimo sommersa da un rutilare di immagini senza soluzione di continuità cancellate da altre immagini.

Per la prima volta ne aveva avuto sentore una mattina di molti anni prima, mentre, mezza assonnata, beveva il caffè guardando svagatamente il telegiornale: a svegliarla del tutto la notizia di una rivolta in uno stato dell'Oceano Orientale.

Aveva atteso il tiggì del pranzo per saperne di più, poi quello della sera, quello del giorno dopo, e del giorno dopo ancora, ma barricate e campesinos erano affondati nell'inesistenza.

Aveva cercato di capire, e aveva capito che attraverso il presente mediatico il potere gestiva tutto il presente, dando visibilità o togliendola a storia ed esistenza. E degli accadimenti censurati, diventati invisibili, si perdeva ogni traccia.

Sapeva.

Ma aveva continuato a rimuovere, minimizzare, negare.

Lampo si è addormentato. Lo stringe piano per non svegliarlo.

Pietà! gorgoglia la sua mente, mentre da un'enorme bitumiera trabocca un liquame che sommerge il Castello gli alberi i palazzi. E la sua vita dentro, galleggiando anonima e senza durata.

Rientra. Passa davanti al comò: si guarda e non si riconosce.

Sono colpevole. Sì. Sono colpevole, dice al suo volto stropicciato, alla superficie in fiamme dello specchio.

Fu insieme a Lucio che qualche tempo dopo Rita fece l'ultima tappa del pellegrinaggio. Cambiato di segno e senso: in cerca di un appiglio visibile del suo passato.

Arrivata a Buvato, lì per lì pensò di avere sbagliato paese, non trovando traccia della casa dove era vissuta fino a diciott'anni, rimpiazzata – si accorse subito dopo – da un trafficatissimo distributore automatico di carburante.

Ne ricostruì mentalmente la mappa: le stanze del sonno e dei compiti al piano di sopra; sotto, la grande cucina che dava sull'orto, e il negozio di filati che si apriva sulla strada, dove restava per ore a trafficare con scarti di nastrini, lane colorate, spagnolette; talvolta seguendo ammaliata le avventurose peripezie di avi bisnonni cugini paesani, che nei tempi morti suo nonno le raccontava.

Epiche favole, ma prive di ogni pulsare di vita: non riuscendo a collegare quelle storie di emigranti e povertà, al laborioso brulichio delle strade di Buvato; al gelato – la domenica – vestita a festa sul lungolago. Ma era soprattutto il volto tutto rughe di suo nonno a non coincidere con quello dell'ardito quindicenne, quando lui le raccontava della dittatura, della guerra, dello sterminio di tutto il paese, a cui fortunosamente era scampato; e della fuga in montagna per unirsi ai resistenti. E mentre raccontava, s'infervorava, s'incazzava: *sempre all'erta, contro quei bastardi*, sistematicamente concludendo.

Non si fermò molto a Buvato. Del suo passato nessuna traccia visibile restava per quelle strade strette, quegli orti. Come se mai fosse stato.

Ritornarono a Nordìa per la provinciale, costeggiando il lago che quietamente si insinuava tra montagne e villaggi; rasserenante superficie che calmava le ansie del cuore, i dubbi della mente, anche da bambina, quando Mina la portava a passeggiare sul lungolago, rapita da quel vacillare d'ombre e di riflessi. Ignorava allora – lo saprà dopo, al tempo della sua eclettica fame di ogni sapere – che sotto quella bellezza, a costituirla, c'era un selvaggio conflagrare di elementi: il millenario precipitare d'acque e di detriti tra glaciazione e glaciazione. L'oscurato teatro del tremendo, dormiente in ogni bellezza della natura e della storia: pronto a risvegliarsi, a ritornare sonno della ragione, brutalità d'istinto.

Chiamati perciò a resistere, a memorare. Lei invece – nell'euforica leggerezza di una vita tutta al presente – tutto accettando.

Come tutti, a Nordìa – sommersa dal quotidiano clamore di furti assassini, stupri reali e supposti, perpetrati da sovversivi e fuoriluogo, mediaticamente montante giorno dopo giorno – aveva detto dapprima un indignato *no*, poi un acquiescente *forse*, infine un consenziente *sì* a quella vita blindata da videosorveglianza e scudi urbani, dove, in nome della privacy, non si accedeva da nessuna parte, nemmeno nella propria interiorità, senza un pass, un codice, una parola d'ordine.

Le fu chiaro di colpo: nessuno a Nordìa era al sicuro; cambiando prospettiva, ognuno all'improvviso poteva essere considerato un pericoloso fuoriluogo. Un sospetto, ed erano guai.

Oltrepassando il rimosso, ritornò, acuminato, l'urlo della vicina, mentre le portavano via a forza il figlio di etnia sudstraniense adottato prima dell'Epoca, che frequentava il liceo e parlava un perfetto nordiense. Aveva continuato a gridare per settimane, fino a quando non era stata portata in un Centro di Riabilitazione. E di lei e del ragazzo non si era più avuta notizia.

Quale, il momento? Quando esattamente tutto è cominciato? si domandava, senza riuscire a trovare lo spartiacque tra respiro e asfissia, accorgendosi, con improvviso stupore, che non c'era stata cesura tra il prima e il dopo, ma progressiva indifferenza, dimenticanza. Tutta assorbita dal suo presente non aveva preso sul serio i cambiamenti che avvenivano senza violenti strappi, ma decreto dopo decreto, sondaggio dopo sondaggio, rimozione dopo rimozione. Fino a non distinguere più tra coazione e libertà...

Fu il richiamo di Lucio a restituirla al presente: «Ma mi stai ascoltando?».

Guidava lentamente, e, contrariamente alla sua abituale economia di parole, parlando fittamente; accalorandosi, mentre le diceva che il cosiddetto nuovo, a Nordìa, era solo fumo negli occhi per rassicurare i mercati, e sfatare a livello internazionale le voci su diritti umani violati e fuoriluogo scomparsi; o profondamente modificati – di una strana e smemorata gaiezza – dopo la permanenza nei CFR.

C'era invece, in atto, un ricompattamento di potere: una sorta di gioco di ruolo tra modernisti e intransigenti, finalizzato a reprimere ogni più lieve dissenso. Quotidiani erano gli attacchi contro *la banda liberal*; accusati di disfattismo ideologico non solo gli *intellettuali critici*, ma censurato persino Mozart: troppo libertario, *Il flauto magico*, e con troppi rimandi simbolici, era stato il verdetto sull'opera, in fase di avanzata realizzazione, in cui era impegnato. Da un momento all'altro, se ne aspettava la sospensione. Alla prossima tournée a Stranìa non sarebbe più rientrato.

«Mi raggiungerai?» le chiese.

Lucio come Mauro: rischiosamente a resistere. Chissà per quale strana chimica dei sensi le piacevano solo gli uomini coerenti fino all'autolesionismo. Forse per un'inconfessata fascinazione d'intelletto: quasi oscuramente a compensare i colpevoli *sì* della sua vita.

«Mi raggiungerai?» Lucio tornò a chiedere.

«Quando sarà, ci penserò!» gli rispose, scherzosamente complice e affermativa. Questa volta non avrebbe ripetuto l'errore.

Mentre nello specchietto del cruscotto si ritoccava rossetto e fard, all'improvviso ebbe chiaro il da farsi; aveva la storia, il senso, il personaggio: lei. E la necessità di testimoniare: raccontare la storia che aveva sordamente attraversato – e la sua complicità di silenzi e autoinganni, di cui solo ora aveva piena consapevolezza – autorappresentandosi in caduta libera. Con crudeltà, senza imbrogli. Doveva farlo.

Sorrise ai suoi occhi verdi in cui si era acceso un furore di determinazione; allo splendore d'utopia di quel lontano già stato della sua vita, che tornava tumultuante a riconnetterne gli sparsi frammenti, a farsi di nuovo esistenza. Alla parola *No*, che si svegliò e le disse *Seguimi*.

3

Nonostante fosse già tardi quando rientrò – si erano fermati a mangiare in un ristorante sul lago restando a lungo e accesamente a parlare dei destini del mondo e del loro – Rita si sedette al computer e aprì un file di documento, che salvò col nome *La fuoriluogo*; scrivendo una frase a promemoria: «Ciascuno, a Nordìa, si rispecchia straniero nel volto straniero dell'altro». E con i sensi e la mente straboccanti di futuro e di scrittura andò a letto, per la prima volta dopo il trasloco nell'attico scivolando senza paure e senza resistenza nel sonno.

Il mattino dopo spostò il tavolinetto col computer davanti alla vetrata che dava sulla terrazza, tra il cielo e le sue piante, e per giorni e giorni scrisse furiosamente, come in fuga da un assedio.

Scriveva e continuamente salvava il testo in una pendrive. Aveva l'impressione che altri occhi, altre mani intervenissero nel testo; talvolta il file scompariva misteriosamente dal computer: lo ripristinava e scompariva di nuovo: un involontario delete, un virus, un intruso forse... Non poteva rischiare.

Condivideva con Lucio, che si era trasferito da lei, ciò che scriveva; gli aveva chiesto di essere implacabile critico: ne era invece lettore entusiasta.

Lei, no. Leggeva e rileggeva: tante le correzioni da fare, le pagine da spostare, le cose da aggiungere e quelle da togliere. Voleva che quella scrittura fosse passione e leggerezza. Esemplarità di una vita che in essa trovava senso e forma, dispiegandosi in esperienza di verità e parola di libertà.

Quando completò la prima stesura, per totale sicurezza, ne fece un'altra copia criptata in un'altra chiavetta che occultò con cura.

Decise di lasciar passare un po' di tempo, prima di riprendere in mano il manoscritto; a distanza l'avrebbe rivisto con minore coinvolgimento emotivo, intervenendo con maggiore lucidità in esso.

Era incontenibilmente euforica: ce l'aveva fatta.

Chiamò al cellulare Lucio, che non era ancora rientrato.

«Porta lo champagne – gli disse – stasera festeggiamo *la mia prima*».

4

Fu però qualche sera dopo che Rita festeggiò alla grande. Col pretesto di inaugurare la sua nuova casa, nonostante fossero già passati molti mesi, invitò i suoi amici – i pochi che non si erano defilati dopo che in giro si era risaputa la sua convocazione al Castello – e quelli di Lucio, ormai anche suoi amici: una serata in terrazza, sfidando il freddo, che lasciò sbigottito il condominio *Sicurezza e Civiltà* di Via della Notte.

Non ci furono berretti bende tappi auricolari, capaci di attenuare la sinestesia di musica odori sfioramenti, che infestò ogni narice e ogni angolo del palazzo. Il condominio fu tutto un subbuglio di allarmi e spaventi.

La signora Rossini, i gemelli Zampuzzi, Elisa, il palestrato del secondo, la moglie dell'*allettato* – e tutta la maggioranza silenziosa dei condomini – si precipitarono fuori dai loro appartamenti, guardando allibiti quella dell'attico, che rumorosamente saliva le scale; e, insieme a lei, un gruppo di vocianti che ridevano, si chiamavano, infantilmente inseguendosi da un pianerottolo all'altro. L'atteggiamento timoroso che la condomina aveva tenuto nei primi mesi, era del tutto scomparso, all'improvviso come raddoppiata di statura, schiavardata.

Solo il Professore non si fece vedere per le scale.

L'Accademico Craverio sapeva esattamente il senso di quello schiamazzante raduno notturno di vecchi anarchici e nuovi liberal; una cospirazione così bene occultata, di cui solo lui, con la sua ostinazione inquisitoria, aveva potuto venire a capo.

Per mesi l'aveva tallonata, ma a metterlo seriamente in allarme era stata l'improvvisa tranquillità dell'attico. Tutto come in sordina: musica, tacchi, sbattere di porte. La condomina certamente nascondeva qualcosa.

Dal controllo della sua posta elettronica – fin dal primo momento ne aveva forzato le credenziali d'accesso – aveva intercettato un'e-mail in cui la donna comunicava alla figlia il progetto di scrittura di un romanzo. Lo aveva nascostamente seguito nel suo farsi, capitolo dopo capitolo, quel romanzo: un devastante attacco all'immagine di Nordìa, una bomba mediatica, se veniva pubblicato. Che poteva innescare effetti a catena. Doveva fermarla. E insieme a lei quel tenore liberal, suo complice di letto e sovversione. Il giorno dopo sarebbe andato al Castello, con la prova schiacciante di quel manoscritto.

Da dietro lo spioncino vide Rita Massa allegramente risalirsene nel suo appartamento, da dove, fin dalla mattina, uscivano ammorbanti odori di aglio, salse, soffritti, che pericolosamente dilagavano per strade e piazze di Nordìa.

5

Mancava poco più di un mese all'arrivo di Assia.
Rita era indaffaratissima ad aggiustare, organizzare,
preparare. Tra una cosa e l'altra rileggeva il manoscritto,
cambiando un aggettivo, cancellando l'enfasi di un'escla-
mazione. Ormai aveva deciso. Nella tournée estiva nel
nord di Stranìa, avrebbe seguito Lucio, e non sarebbero
più rientrati. Immaginava la sua vita lontano da Nordìa
come una corsa, un odore di campagna dopo la pioggia,
come la voce di Lucio ad avvolgerla tutta.

Che quella sera però stranamente ritardava; era uscito
nel pomeriggio per le prove che dovevano essere finite
da un pezzo, ma il suo videocellulare continuava a restare
cieco e muto.

Si mise una giacchetta accingendosi ad andare in terrazza ad aspettarlo. Mentre apriva la vetrata il telefonino
vibrò. «Finalmente ci sei!» rispose senza guardare il di-
splay, restando del tutto spiazzata dall'ufficialità di una
sconosciuta voce maschile. Qualificandosi come vigilante
della stradale, l'uomo l'avvisò che Lucio Magis era stato
ricoverato d'urgenza a Villa Salus. Un incidente stradale,
ma niente di grave, precisò; prima di entrare in sala
operatoria era stato lui stesso a fornirgli il numero, chie-
dendogli di avvertirla. L'aspettava all'accettazione con
il pass d'ingresso per accompagnarla in reparto.

Il tragitto in taxi le sembrò interminabile; e la città,
un grande animale minacciosamente accovacciato nella

sua indifferenza di strade e luci. «Forse è morto, e non ha avuto il coraggio di dirmelo», si ripeteva col cuore in gola e la mente in fiamme.

Il vigilante l'accolse gentile e rassicurante: «Tra poco vedrà lei stessa. Mi segua. Dobbiamo arrivare all'ascensore dell'ala ovest».

La notte ospedaliera affondava in un silenzio azzurrognolo di corrridoi, sale d'attesa, stanze immerse in una compressa densità di sospiri e lamenti.

L'ascensore finalmente.

Entrarono. L'uomo premette il pulsante – *02*.

«Scendiamo sotto?» domandò inquieta, mentre la porta metallica già si apriva in un vastissimo interrato, scandito da pilastri di cemento e muri senza intonaco; e da grandi tubature che correvano lungo il basso soffitto. Nessuna traccia di vita, tranne un sommesso gorgoglio di liquidi in quelle tubature. Acque reflue. Sangue, pensò Rita. Che di colpo capì: una trappola.

Si volse smarrita verso l'ascensore. «Calma e zitta» le intimò l'uomo con durezza, trascinandola per tutto l'interrato fino a una porta totalmente mimetizzata nel muro. Fu catapultata dentro.

Nel grande stanzone disadorno degli uomini trafficavano intorno a una lettiga. Il corpo che vi era legato, al suo ingresso, girò di scatto la testa verso di lei.

Lì per lì non lo riconobbe. Poi la voce di Lucio, quasi un sussurro: «Rita. Rita!».

Si mosse per raggiungerlo. Una muraglia di mani bloccò passo e grido.

Tempesta di aghi in ogni parte del corpo. E pungente odore di buio alle narici, mentre scivolava giù, sempre più giù.

Fino a un oscuro e brulicante fondo.

Terzo movimento
Ritorno a Nordìa

La mente non può dormire / può solo
giacere sveglia, ingolfata ad ascoltare /
la neve che si aduna come per l'assalto
finale.

RAYMOND CARVER

Dieci

I

Per mesi enfaticamente rilanciata dai media – ennesima conferma del processo di distensione internazionale – la notizia del grande convegno di genetica eccitava Assia, e costernava suo padre, che con terrore vedeva avvicinarsi il giorno della sua partenza, temendo che una volta entrata, non l'avrebbe più fatta uscire da Nordìa.

Non voleva perdere per la seconda volta quella figlia inaspettatamente ritrovata, che era piombata come un benefico uragano nella sua vita dopo anni di chiusura e solitudine; durante i quali la sua tendenza al misantropismo aveva prevalso, senza mai cedere alla tentazione di rifarsi una storia: il legame con Rita era stato esaustivo di ogni possibile esperienza.

Per anni aveva sentito Assia solo per telefono. Dalla perentorietà di certe sue affermazioni aveva capito che non doveva avere un caratterino facile, ma mai e poi mai avrebbe immaginato di trovarsela un giorno improvvisamente in aula, alla fine della lezione. Ci aveva messo più di qualche minuto per realizzare: l'immagine che persisteva nella sua mente, era il volto della bambina decenne, lasciata dormiente sei anni prima.

Insieme a lei la sua vita aveva ripreso tumultuosamente a scorrere, a progettarsi, seguendone con totale concentrazione la crescita – inquieta adolescente prima, impegnatissima studentessa e geniale ricercatrice dopo – in una condivisione di ogni cosa fino all'invito a quel convegno.

Aveva tentato inutilmente di dissuaderla.

Quella sbandierata svolta modernista lo lasciava totalmente scettico; un'operazione di puro lifting politico per coprire la radicalità della nuova *bonifica umana* in atto: un controllo sociale diffuso, realizzato con un coinvolgimento mediatico di massa mai raggiunto nel passato. Uomini, donne, e persino bambini, con cellulari o microcamere, da ogni parte della città trasmettevano in tempo reale immagini di movimenti e individui sospetti al *General Security Center*. Che in tempo altrettanto reale poteva intervenire.

Occhi umani, ma anche occhi tecnologici.

A fornirgli i dettagli scientifici era stato un ex collega dell'Università di Nordìa, incontrato durante un convegno: di grande autorevolezza scientifica, ma preceduto dalla fama d'irriducibile sostenitore governativo; in realtà una copertura, che gli permetteva di lavorare nei laboratori di ricerca, e di passare informazioni all'estero.

Era stato lui a confermargli le voci che circolavano in rete, ma sempre energicamente smentite dalle autorità: che a Nordìa sciami di microdroni, in forma di minuscoli insetti, si posavano a spiare su soglie, insegne, davanzali, mentre era in fase di avanzata sperimentazione una nuova *smart dust* – la nube di sensori che già fluttuava in tutti gli spazi esterni – in grado di penetrare anche negli spazi chiusi. Rilevando, trasmettendo, informando.

Un grande occhio guardone dappertutto.

Mancava ancora un mese a quel convegno. Nel frattempo vediamo... pensava. Sapendo in partenza che non c'era niente da fare: non sarebbe mai riuscito a far desistere dai suoi propositi l'ostinata Assia.

Alle sue preoccupazioni ribadiva con sicurezza che era cittadina di Stranìa e nessuno poteva torcerle un capello. Era lui, invece, che dovunque vedeva allarmi, complotti.

Esattamente come un tempo sua madre, definendolo un apocalittico.

Nuvole e nuvole. Giù, l'invisibile mondo.

E dentro di esso, da qualche parte, sua madre.

Da più di un mese non riesce a contattarla: le e-mail tornano indietro, il cellulare staccato.

Non ha detto niente a suo padre, che le avrebbe impedito in tutti i modi di partire. Per mesi ha cercato di terrorizzarla enumerandole leggi, decreti, interdizioni.

«Esagerazioni mediatiche. Niente di più. È che tu sei geloso di Rita» lei, spavalda, ribadendogli.

Ma non ne è più tanto sicura.

L'angoscia per il silenzio di sua madre è cresciuta giorno dopo giorno, oscillando tra allarme e minimizzazione: forse un viaggio, un nuovo amante, un fulminante interesse.

O solo per fargliela pagare, scomparendo a sua volta senza dir niente come ha fatto lei.

Ripensa alle sue e-mail, al mirabolante racconto della nuova casa nella city e dei preparativi per il suo arrivo. All'incontenibile eccitazione per il romanzo che sta scrivendo, che vuole a tutti i costi farle leggere. Impossibile, conclude, non può essere.

La macchia blu del lago si dilata sempre più. E Nordìa sempre più vicina.

Dopo quattordici ore di volo finalmente l'aereo atterrò. Insieme agli altri Assia si precipitò nel corridoio a prendere dalla cappelliera il bagaglio a mano.

Tutti in attesa all'impiedi.

Poi la voce del comandante a raggelarli: che tornassero a sedersi, lo sbarco non sarebbe avvenuto prima di mezz'ora, erano in attesa dell'ok.

Un animato brusio, un confuso domandare, e infine la rassegnazione. Tornarono a sedersi, qualcuno restò ostinatamente in piedi, ritornando dopo alcuni minuti al suo posto.

Passò mezz'ora. I passeggeri rumoreggiavano, chiedendo di sapere.

La voce del comandante rintronò perentoria: a Nordìa era scattato l'allarme sicurezza, e gli sbarchi temporaneamente bloccati; c'era un'alta probabilità di ritornare indietro, dopo una sosta di servizio. Non potevano che pazientare in attesa delle decisioni delle autorità.

Una borbottante rassegnazione all'ineludibile. Un sospeso silenzio, infine.

Assia non riusciva a crederci: quando era fuggita aveva giurato che non avrebbe mai più rimesso piede a Nordìa, e, adesso che voleva entrarci, per una sorta di contrappasso le veniva impedito.

Fuggire era stato facilissimo; appena arrivata all'aeroporto di Stranìa Nord, si era eclissata tra la folla, portandosi dietro solo zaino e soldi. Era stato il periodo più bello della sua vita, tutto condividendo – cibo, musica, libertà – con un gruppo di ragazzi diretti verso Sud, a cui si era aggregata. Un'amicizia solidale e disinteressata. A Nordìa, invece, nessun amico di cui fidarsi, in ogni compagno di scuola sospettando l'ignota spia, scelta dal Manager per riferire discorsi, letture, amicizie. Bloccata in una disciplina di obbedienze, che spesso infrangeva: malvista, perciò, continuamente ripresa fino al corso di rieducazione; e sua madre sempre a minimizzare disagi e sofferenze. Ad accusarla.

Dopo tre mesi era arrivata da suo padre. E da allora sempre insieme. Fino all'improvviso ribuffo di nostalgia che aveva dato un nome al senso di irrimediabile vuoto, che talvolta all'improvviso l'assaliva: aveva detto entusiasticamente *sì* all'invito a quel convegno. «Un'occasione per rivedere mia madre», aveva detto a suo padre, lasciandolo esterrefatto; fino ad allora solo dietro sua pressione e a monosillabi aveva comunicato con lei – un freddo ciao, un freddissimo va bene, e lì finiva la conversazione.

Con la ripresa del loro rapporto, fitto era stato lo scambio di e-mail, foto, telefonate. E d'un tratto quell'incomprensibile silenzio.

Dopo circa tre ore furono autorizzati lo sbarco e l'ingresso.

Tutti chiesero cosa fosse successo: un falso allarme, fu la rassicurante risposta di poliziotti e doganieri.

La solita tecnica, pensò Assia, perché nessuno si senta mai del tutto al sicuro, ma continuamente bisognoso di sicurezza: l'allarme che scatta all'improvviso, e dopo un'ora o una settimana, tutto ritorna in un sereno e più rassicurato trantran. Si rivide all'uscita della scuola – invasa dal panico – in mezzo a un vociante fuggi fuggi, mentre gli allarmi scattavano tutti insieme e le strade si riempivano di blindati e poliziotti. E sua madre, bloccata in macchina, che arrivò correndo a piedi, e la portò via.

Oltrepassata la dogana, Assia lasciò di stucco gli altri convegnisti in attesa della navetta che li avrebbe portati al residence, con uno sbrigativo «Sono di Nordìa: vado a dormire da mia madre».

Il suo tutor non fece in tempo a fermarla: la vide, preoccupatissimo, saltare su un taxi che partì sgommando verso la sconosciuta città. Le indicazioni del Ministero prima di partire erano state precise: non allontanarsi senza pass, non andare in giro da soli, rispettare alla lettera il protocollo d'intesa tra le Università.

Si poteva venire arrestati per un nonnulla.

Entrare a Nordìa era difficile, uscirne difficilissimo.

3

Sempre più nervosa e insofferente, Assia restò a lungo a digitare sul tastierino del citofono il codice numerico dell'appartamento di sua madre, fino a quando, sbucato dal nulla, le si parò davanti un vigilante della ronda condominiale, che non volle sentire ragioni – era una straniera, non aveva la placca di riconoscimento, né un pass di soggiorno –, doveva di necessità condurla alla polizia abitativa: ci avrebbero pensato loro.

Tutta presa dalla fretta di andare subito da sua madre, non aveva pensato al pass, che i referenti alla sicurezza dell'Università di Nordìa avrebbero consegnato ai convegnisti sulla navetta.

La polizia abitativa comunicò con quella frontaliera, questa con quella politica, che a sua volta chiamò la Sicurezza; alla fine di questa catena arrivarono due poliziotti incaricati di prenderla in consegna.

Senza saperlo Assia rifece in macchina il tragitto che sua madre pochi mesi prima aveva fatto a piedi fino al Castello, attraversando lo stesso labirintico percorso per arrivare nell'elegante ufficio, dove lo stesso Alto Funzionario galantemente la rimproverò, salutandola con un «Alla bellezza si perdona tutto».

Dopo qualche minuto di convenevoli e spiegazioni, la segretaria portò l'incartamento che ricostruiva la storia abitativa di sua madre fino al trasloco nell'attico e alla sua scomparsa, avvenuta circa un mese prima. A segnalare l'allarmante silenzio, nel solitamente rumoroso attico, era stato l'Accademico Craverio, che, abitando nell'appartamento sottostante, aveva sentito il dovere di darne comunicazione alla Sicurezza abitativa. C'era però la certezza che si trovasse in viaggio insieme al suo compagno, Lucio Magis, un tenore molto noto a Nordìa e amatissimo dai melomani; scomparso anche lui all'improvviso, lasciando nei guai il Lirico: sospese le prove e rimandato perciò sine die l'allestimento del *Il flauto magico*. Sul carattere volontario di quella doppia scomparsa c'erano pochi dubbi: qualche tempo prima sua madre aveva infatti confidato a un'amica il desiderio di cambiar vita, di ricominciare daccapo da un'altra parte. E di volere andar via prima dell'arrivo della figlia: se l'avesse rivista, non sarebbe stata in grado di farlo.

Capiva la sua delusione, ma doveva accettare la verità, aggiunse partecipativo l'Alto Funzionario, sollecitandola a seguire serenamente i lavori del convegno, fortemente voluto dalle autorità politiche e accademiche di Nordìa; perché di ritrovata cooperazione aveva bisogno la dimensione cosmotecnica e globalizzata in cui, al di là di differenze istituzionali, le società surmoderne operavano. E fortemente voluta anche la sua partecipazione: Nordìa apprezzava il genio dei suoi figli, dovunque si trovassero.

Per consentire alla sua richiesta di una ricognizione nella casa della madre, l'Alto Funzionario autorizzò un temporaneo dissequestro dell'attico, sigillato dopo la scomparsa. Ci avrebbe pensato lui a far portare i bagagli al residence universitario.

Le fornì un pass provvisorio, valido solo per quell'occasione, avvertendola che il protocollo del convegno non prevedeva passeggiate solitarie; per salvaguardare l'incolumità fisica e la tranquillità mentale dei convegnisti, tutto era stato dettagliatamente previsto e organizzato, compreso shopping e giro turistico della città. Del resto lei sarebbe stata così impegnata con i lavori del convegno, e con i tanti giornalisti che l'aspettavano per intervistarla, che non le sarebbe rimasto molto tempo per passeggiare.

Insistette per accompagnarla lui stesso in macchina in Via della Notte. Per evitarle molestie: non li giustificava, i fuoriluogo, ma in quel caso, li capiva, «È difficile resistere... la razza non mente».

Assia declinò l'invito, affermando che preferiva andare a piedi per riprendere fiato dopo quella batosta.

Due poliziotti furono incaricati di vigilare sulla sua incolumità durante la permanenza a Nordìa. «Per la sua sicurezza», le ribadì, l'Alto Funzionario.

L'Accademico Craverio, custode cautelare dell'attico, che aveva in affido le chiavi, l'accolse con gentilezza. Insieme a lui entrò nella casa di sua madre.

«Se ha bisogno, sono qua, a disposizione. Abito al piano di sotto. L'aspetto per le chiavi. Ma non si preoccupi, faccia con comodo» le disse ridiscendendosene.

4

Un fulgore di luce meridiana l'avvolse; la terrazza si
apriva su un vastissimo paesaggio: guglie e grattacieli in
primo piano; oltre l'orizzonte urbano, il fiume; e, al di
là di esso, lo sbarramento cementizio che recintava la
zona abitativa e commerciale dei lavoratori fuoriluogo.
Come nel medioevo, pensò: dentro, i cittadini; fuori le
mura, gli stranieri, i senzadiritti.

Appena mise piede in terrazza fu stupore e sgomento.
Tutt'intorno un seccume di petali e foglie, le piante
come bruciate da diserbanti; era la radicale confutazione
dell'ipotesi della scomparsa volontaria di sua madre, che
anteponeva le piante – al centro di ogni sua cura –
persino agli amatissimi viaggi, se non riusciva a trovare
qualcuno che potesse occuparsene durante la sua assenza.

La spiegazione dell'Alto Funzionario non l'aveva convinta per niente, ma non riusciva a fare ipotesi alternative.
Avendo ripreso da poco tempo i rapporti con lei, nulla
sapeva delle sue abitudini, dei suoi interessi, del suo modo
di vedere la vita, e di quel suo nuovo compagno, il tenore,
a cui solo vagamente sua madre aveva accennato nelle e-
mail. Forse cercando tra le sue carte, guardando nei cassetti, poteva trovare qualche indicazione.

Rientrò. Tutto era in ordine, come se sua madre avesse
accuratamente rimesso a posto ogni cosa prima di andar
via. Eppure la ricordava piuttosto disordinata: cenere
di sigarette, giornali, scialli e libri dappertutto.

Si aggirò per le stanze, restando stupita della grandezza dell'attico, una parte del quale era priva di mobili; una casa essenziale, minimalista, ancora in fase di sistemazione: pile di libri ordinatamente ammonticchiate in giro, l'hi-fi in un angolo, il portatile su un tavolinetto apribile.

Lo accese. Cliccò su *Documenti*: né un file, né un'immagine. Aprì la *Posta*, poi la cronologia di internet, il *Cestino*, e uno dopo l'altro tutti i programmi sul desktop: totalmente vuoti, come se mai quel portatile fosse stato usato. Fino a un mese prima però pressoché quotidiana era stata la loro corrispondenza, e in una delle ultime e-mail lei le aveva annunciato che era quasi alla fine della prima stesura del romanzo.

Nel computer non c'era traccia né di quella, né di nessun'altra scrittura. E in giro nemmeno un foglio stampato, un appunto scritto a mano, un'agenda. Eppure da qualche parte qualcosa doveva esserci. Cercò nei cassetti, in mezzo ai libri, sotto i cuscini dei divani: nessuna pagina, nessun supporto di memoria.

Nella stanza da letto tutto era in ordine. Vestiti, giacche, scialli, al loro posto nell'armadio. Li annusò. Conservavano ancora il sottile odore d'incenso e patchouli, un po' rétro, che connotava il profumo usato da sua madre. Guardò ad uno ad uno i vestiti. Ne prese uno – un bizzarro prendisole di una lucidissima seta verde – lo provò. La mia stessa taglia! pensò con ammirazione.

Sul comò, il bauletto: lo stesso di allora. E come allora straboccante di un groviglio di bijoux.

Perpetuamente tintinnante di ciondoli, collane, catenelle, Rita! Quando era piccola la faceva sedere accanto a sé, e indicandole un anello, un ciondolo, un bracciale, le raccontava gli avventurosi percorsi – deserti, cammelli, labirinti di mani e di pensieri – che quell'oggetto aveva attraversato prima di cadere sotto i suoi occhi, brillare sulle sue dita. Perché uomini e cose fanno invisibili e spesso faticosissimi percorsi di vita per arrivare al loro fine, al fortunato approdo; e conservano tutto scritto dentro, rivelandosi solo a chi sa leggere quell'oscurata scrittura, sempre concludendo le sue narrazioni.

Sentì l'irrimediabile impotenza di ogni dolore postumo; si accorse di essere stata impietosa verso di lei, rifiutandola non in parte ma nella sua interezza.

Continuò a frugare tra quei gioielli.

Prese tra le mani un grosso ciondolo di giada e argento a forma di tartaruga; la testa, mobile, affondava nella corazza, al centro della quale tre sottilissime rifiniture a treccia, d'argento, l'attraversavano verticalmente. Un oggetto stranissimo.

Se ne stette seduta sulla sponda del letto sovrappensiero, seguendo con le dita i movimenti della testolina, che alla fine affettuosamente tirò, mormorando «Come te, sciocca mamma!». Il ciondolo si aprì in due metà: dentro, ben confitta, una minuscola chiavetta.

Aveva dimenticato che sua madre aveva la mania di nascondere nei posti più impensati ciò che le sembrava importante – soldi, gioielli, documenti – perdendoli poi di vista. Che sempre però – dopo aver messo per giorni a soqquadro l'appartamento – in caso di necessità ritrovava. «Sono una che sperde, ma non perde», diceva alla fine, compiaciuta e trionfante per il ritrovamento.

Si guardò attorno. Niente in apparenza: né microspie, né telecamere. Ebbe un soprassalto di terrore. La *smart dust*! L'occhio spia anche dentro le case! Si sentì perduta. La consegna dell'Alto Funzionario era stata perentoria: non poteva portar via niente; doveva lasciare tutto così com'era.

Ma doveva a ogni costo tentare.

Strinse nella mano il ciondolo che finse di rimettere nel bauletto, con grande destrezza facendolo scivolare nella larga manica della giacca. Aprì la sua profonda sacca, dove immerse mano e avambraccio come frugandovi in cerca di qualcosa, mentre il ciondolo vi rotolava dentro.

Il cuore le batteva furiosamente, quando bussando alla porta dell'appartamento di sotto, salutò l'Accademico. «Non so ancora. Se l'Alto Funzionario mi dà il permesso, tornerò».

«Ci vedremo domani al convegno, terrò la prolusione d'apertura» le disse il Professore salutandola con un umido baciamano.

A lungo le rimase il fastidio di quelle labbra sulla sua mano e del suo sguardo inquisitorio addosso.

Davanti al massiccio e istoriato portone del palazzo, ritrovò i due poliziotti dove li aveva lasciati; accanto a loro, come sbucata dal nulla, una macchina.

Mentre l'automobile volava a tutta velocità verso il residence, un tumulto di pensieri l'agitava: il convegno, l'attico, sua madre scomparsa. E la pendrive: la sentiva come un'oscura e benefica brace ardere dentro la borsa. Forse lì era la spiegazione.

Attraversando la city, la macchina passò davanti alla casa di zia Cinzia, da cui da bambina spesso sua madre la portava; vi aveva trascorso interi pomeriggi davanti alla tivù, mentre loro restavano a parlare fitto fitto. Doveva andarla a trovare; Cinzia, meglio di ogni altro, poteva darle qualche informazione: forse era lei l'amica che aveva fatto quelle dichiarazioni all'Alto Funzionario.

Ma non sarebbe stato facile eludere il controllo dei due bulldozer, incaricati di non perderla di vista nemmeno per un attimo. E non farsi beccare da ronde e vigilanti durante il tragitto.

Quando arrivò al residence tirò un respiro di sollievo. Dopo averla fatta scendere, vide i due poliziotti risalire in macchina e ripartire.

5

Grande fu lo stupore dei suoi colleghi nel ritrovare, la sera, in mezzo a loro, la giovane studiosa, che giustificò quel ritorno con il divieto di soggiorno nella city a chi non era residente, anche se si trattava della casa dei genitori. E lei, da anni era ormai cittadina di Stranìa.

Quella sera stessa Assia cercò di leggere la pendrive nel suo portatile, restando disorientata: non c'era memorizzato niente.

Un nulla che la sconcertò: se sua madre l'aveva nascosta con tanta cura, qualcosa doveva esserci; forse era criptata, o elaborata con un programma sconosciuto al suo portatile.

Non sapeva che fare, a chi chiedere. Non poteva tentare di leggerla nei computer o nei lettori dell'Univesità senza lasciare traccia di ciò che eventualmente poteva esserci dentro; né le sarebbe stato possibile farla passare alla dogana.

Quando era entrata a Nordìa il controllo era stato totale: una minuziosa identificazione biometrica – foto, impronte, DNA, scannerizzazione di corpo e bagagli –; e un controllo di libri, notes, cellulari con uno speciale apparato elettronico, che registrava ogni contenuto di suoni parole immagini. E all'uscita l'avrebbero scannerizzata dentro e fuori. L'incontro con l'Alto Funzionario gliene aveva dato la conferma; su lei c'era un'attenzione particolare: nordiense figliuola prodiga, che ritornava nella casa materna. Ritrovandola vuota però, pensò con amarezza.

Rimise la chiavetta nel ciondolo che infilò in un laccio di seta e indossò; e, nonostante si sentisse un po' a disagio, il giorno seguente con quel vistoso ciondolo ballonzolante sul petto entrò nella prestigiosa aula magna, un tempo austero refettorio carmelitano, dove si svolgevano i lavori.

Quel convegno, che per mesi era stato al centro della sua inesausta curiosità scientifica – immaginando laboratori avveniristici e inedite sperimentazioni – lo avvertiva adesso come una camicia di forza; ascoltava solo con le orecchie le relazioni, senza concentrazione di cuore e passione d'intelletto a possederle. Il suo sottopensiero era esclusivamente concentrato sull'assenza di sua madre e sulla pendrive. Dopo la *lectio magistralis*, l'Accademico Craverio, prima di andar via, le si avvicinò. «Farò in modo che possa avere quel permesso per ritornare nell'attico. Vada a nome mio dall'Alto Funzionario» le disse.

Alla ripresa dei lavori pomeridiani del secondo giorno, dopo circa un'ora si defilò verso l'uscita: nessun poliziotto, nessun vigilante. Si allontanò indisturbata.

Nordìa si stendeva quieta, come un gatto accovacciato ai piedi del Castello; una rassicurante normalità avvolgeva umani e architetture. Per raggiungere la casa di Cinzia, attraversò il parco, sostando qualche minuto davanti alla grande vasca delle ninfee; nessuna distanza di tempo e consapevolezza di mente sembrava intercorrere dalla sua infanzia, quando – mentre i suoi si fermavano a chiacchierare poco lontano – lei gettava pietruzze nella vasca, restando a guardare incantata il dondolare silenzioso di ninfee e mondo al dilatarsi dei cerchi nell'acqua.

Pur essendo indaffaratissima – di continuo allontanandosi per chiamare e rispondere al telefono – Cinzia l'accolse con esclamazioni di gioia e generosità di abbracci, non mostrando alcuna sorpresa per quella visita. Dalla reticenza a parlare di sua madre, capì che qualcosa era accaduto tra loro. Le disse infatti di non sapere nemmeno della sua scomparsa: forse a parlare con l'Alto Funzionario era stata qualcuna del suo nuovo giro di amicizie; da quando il tenore era entrato nella sua vita, si sentivano molto raramente, e solo per telefono. Egoista e geloso, era stato sicuramente lui a convincerla a partire. La congedò consigliandole di non stare in pensiero eccessivamente: Rita era così, sfarfallante e mezza testa. E lei, sua figlia, lo sapeva meglio degli altri.

All'uscita, fatti pochi metri, fu raggiunta da due uomini con il distintivo della Sicurezza. «L'accompagnamo in macchina», le dissero con perentorietà. Come hanno fatto a sapere? si chiedeva Assia spaesata. Lo sentiva tutto sulla nuca, il peso del mondo che già imbruniva.

Rientrò al convegno proprio nel momento in cui i lavori del pomeriggio si concludevano. Si confuse al defluire di studenti e convegnisti, andando ad appartarsi in un sedile del grande chiostro alberato per ripensare con calma a tutto. Tentò ancora una volta di chiamare suo padre, da giorni ci provava, ma i collegamenti con Stranìa erano disturbati: il cellulare restava muto, come collassato.

Fu invece la voce del suo tutor a farla trasalire.

«Mi ha deluso. La mia migliore ricercatrice che si defila dal convegno come una smaniosa adolescente! E i giornalisti che l'aspettano per intervistarla! Parli, almeno. Mi faccia capire!», le intimò con durezza, restando senza parole davanti alla desolata narrazione della sua pupilla: il padre irraggiungibile; la madre scomparsa; e la chiavetta, che lei aveva così accuratamente nascosto, vuota.

Il tutor la rassicurò: «E il suo cellulare che non funziona. O è stato disabilitato. Suo padre mi ha chiamato mezz'ora fa, per sapere di lei. L'ho rassicurato. Torni a seguire il convegno. Per la pendrive, forse posso aiutarla. Può darsi che sia criptata. Non parli con nessuno, tanto meno con i giornalisti, di questa cosa. Sia cauta, è troppo sovresposta»; le promise che nel frattempo si sarebbe impegnato a raccogliere le firme dei convegnisti per sollecitare le autorità a ulteriori ricerche sulla scomparsa di sua madre.

Profonda fu la delusione scientifica di Assia alla fine della mattinata del giorno successivo. Nella scheda compilata all'inizio del convegno aveva espresso la sua preferenza per un gruppo di lavoro riguardante la ricerca sulle nuove frontiere della terapia del dolore, su cui si concentravano i suoi studi. Girava voce, negli ambienti scientifici, della scoperta, nei laboratori di Nordìa, di una sostanza di sintesi, che, diffusa nell'aria, poteva intervenire su ogni patologia cancellando in intere comunità ansie e sofferenze. Era stata invece inserita – insieme a un chimico, a un teologo, e ad altri due ricercatori – in un gruppo di studio interdisciplinare sul rapporto tra mappatura genetica ed etica; a presiederlo un luminare di bioinformatica, totalmente organico, si diceva, al sistema di potere di Nordìa. Lo aveva intravisto, distaccato e altezzoso al tavolo della presidenza.

La convocazione, nel *Centro Elaborazione Dati*, era per tutti alle diciassette, tranne che per lei – l'unica esterna – che doveva anticipare per un colloquio conoscitivo col presidente.

Appena vi arrivò, le parole del luminare la bloccarono. «Come sta il mio amico Mauro?», aggiungendo subito dopo: «Il suo tutor mi ha detto che lei ha qualche problema con una pendrive. Ce l'ha con sé?».

Assia gliela porse. Il professore la invitò a seguirlo nella sala K – il cuore del cuore del centro, le disse – che era tutto un lampeggiare di led. Da un apparato elettronico, che occupava una parete, tirò una sorta di minuscola scatola, che in nulla assomigliava a un computer o a un lettore, e vi inserì la chiavetta.

Lo sguardo lungo, allarmato di Assia.

«È il luogo più sicuro e impenetrabile di tutto lo stato di Nordìa...» la tranquillizzò il professore, mentre su uno schermo appariva una indecifrabile sequenza di linee e numeri. «È pieno di documenti cifrati. La cosa più sicura è un invio sottotraccia al computer di suo padre» le disse.

Appena qualche istante, e arrivò l'ok della ricezione: «Sono già arrivati a Stranìa; qui non resta nessuna traccia del loro passaggio. Ma nemmeno questa può restare». Invece di riconsegnarle il pennino, Assia vide, atterrita, le sue dita piegarlo fino a spezzarlo.

Il professore la rassicurò con una complessa spiegazione scientifica, rincuorandola con la promessa di farle avere a Stranìa, con lo stesso sistema, notizie su sua madre; gli amici liberal di Lucio Magis si erano già da tempo mobilitati per cercare di avere informazioni sui due scomparsi: si temeva che fossero stati sequestrati, e rinchiusi chissà dove. Non era il primo caso di scomparsa di liberal, su cui il governo faceva cadere un totale silenzio stampa; e il tenore ultimamente si era molto esposto, apertamente denunciando censure e violazioni di libertà. Le raccomandò perciò di lasciar perdere petizioni e documenti – lo aveva già detto al suo tutor –, a Nordìa non avrebbero avuto alcun effetto, se non quello di ingessare ulteriormente ogni movimento di professori e studenti. Se l'iniziativa partiva da Stranìa, l'impatto mediatico sarebbe stato invece dirompente.

Le parole del luminare non riuscirono a cancellare la tremenda immagine della pendrive spezzata: ma non poteva far altro che rassegnarsi, e sperare di ritrovarne a Stranìa il contenuto.

Il penultimo giorno prima di ripartire, Assia tornò dall'Alto Funzionario per chiedergli un permesso per accedere di nuovo nell'attico. Per un fatto puramente sentimentale, insistette.

La risposta fu un secco no: aveva avuto un'intera settimana, ma adesso era troppo tardi per concederle il pass, il cui rilascio lo stesso Accademico Craverio aveva caldeggiato. Doveva ripartire insieme agli altri. E non muoversi dal residence fino alla partenza.

Per impedirle ogni tentativo di restare clandestinamente a Nordìa, due agenti furono incaricati di marcare ogni suo passo.

Non la persero di vista nemmeno per un attimo, fino a quando non la videro salire sull'aereo già rullante in pista.

Ne aspettarono il decollo. Distesi, e chiacchierando svagatamente, rientrarono nella centrale di servizio, da dove, armati di storditori e microspie, erano usciti per la consegna.

6

Rientrata nella città dell'Oceano Meridionale dove con suo padre viveva, Assia per circa un mese non si recò all'Istituto universitario, dove lavorava, totalmente concentrata in un febbrile lavoro di sistemazione del manoscritto del romanzo di sua madre, arrivato integro e decriptato.

Contro ogni previsione risultò difficile trovare un editore disposto a pubblicarlo, rifiutato senza appello da tutte le grandi case editrici: quell'autobiografia, con le sue non provate accuse, non rientrava nella loro linea editoriale, impegnata a sostenere le speranze di pax universale, che si erano aperte con la svolta modernista di Nordìa.

Uno scrittore, amico di suo padre, lo diede infine in lettura a un editore di nicchia, che entusiasticamente lo accettò, e altrettanto entusiasticamente lo sostenne con un'intensa campagna promozionale prima dell'uscita; ne fece circolare stralci su riviste on line e giornali indipendenti, insieme alla notizia della misteriosa scomparsa della sua autrice e del suo compagno.

Appena pubblicato, nel giro di poche settimane, *La fuoriluogo* diventò un best-seller: premi, dibattiti, recensioni entusiastiche; e un passaparola mediatico che sollevò una grande mobilitazione internazionale attorno alla scomparsa della scrittrice Rita Massa e del tenore liberal

Lucio Magis: accuse, petizioni, sit-in di gente comune, intellettuali, associazioni umanitarie. E l'imbarazzato silenzio delle autorità di Nordìa.

Quarto movimento
L'affaire Massa

Quando si nasce sull'orlo di un simile abisso
bisogna imparare a resistere.

J. G. LE CLEZIO

Undici

Il Castello era tutto un fervore di ordini e contrordini, di e-mail e scritture; impiegati con rigonfie carpette, si aggiravano da una stanza all'altra, spostando carte e documenti che andavano a depositarsi nelle mani dei diversi Ministerial Manager, quella mattina tutti quanti chiamati a raccolta dal Grande Capo per fronteggiare la potente offensiva mediatica in atto contro Nordìa: il grande battage che la pubblicazione del romanzo *La fuoriluogo* aveva sollevato, trasformando la scomparsa di Rita Massa e di Lucio Magis, in un'*affaire* che impazzava sui social network.

Un libro cult anche a Nordìa.

Sebbene totalmente interdetto, se ne trovavano copie dappertutto: ai giardinetti, nella biblioteca nazionale, e persino nelle stanze più recondite del Castello, mentre aumentava sempre più il numero dei cittadini che come in pellegrinaggio andavano in Via della Notte. Un'irrefrenabile curiosità collettiva, che non accennava ad attenuarsi.

Battevano esattamente le undici all'orologio del Castello quando nel grande salone, un tempo teatro di medievali raduni di armigeri e dignitari, entrarono tutti i componenti della *General Management Ministerial Area,* che si disposero nei loro seggi.

Il Premier esordì domandandosi, e domandando, come era possibile che, nonostante *smart dust,* placche, braccialetti elettronici, *surveillance* e *sousveillance* in ogni angolo della città, quel manoscritto fosse uscito con tanta facilità, e che diventato libro, con altrettanta facilità vi rientrasse. Nordìa era diventata un porto franco, in cui chiunque poteva entrare e uscire a piacimento – sovversivi, fuoriluogo, pamphet, lettere aperte – permettendo alla figlia di un fuoriuscito di poter circolare indisturbata a preparare complotti. Quel libro, un macigno.

«Persino qui, nella mia segreteria» urlò brandendone una copia, e specificatamente accusando il Ministerial Manager della Paura e quello dell'Immagine, quali responsabili primi di quella débâcle mediatica, non riuscendo più a coordinare in modo giusto paura e ottimismo, orrore ed evasione. Enorme il danno d'immagine; e grande il pericolo di contagio: in quella autobiografia – a denunciarlo erano i sondaggi – molti si riconoscevano.

Energico e tempestivo doveva perciò essere il piano di *Crisis Management* da approntare.

A trecentosessanta gradi: un rilancio del ruolo internazionale di Nordìa, per rassicurare i mercati, che ad ogni sommovimento entravano in sofferenza; e contestualmente procedere con un giro di vite all'interno. In profondità ma con discrezione: evitando di allarmare ulteriormente organizzazioni umanitarie e commissioni internazionali di vigilanza, che pressavano per una visita ispettiva nei CFR, dove – sostenevano figlia ed ex marito di Rita Massa – se non erano stati uccisi, certamente la donna e il suo compagno si trovavano.

E chi – per intelligenza mediatica e sapienza legislativa – meglio dell'Accademico Craverio, poteva suggerire la strategia giusta? Lui e solo lui! concluse enfaticamente il Grande Capo, invitando l'Accademico, sdegnosamente seduto in disparte, a esporre il suo pensiero.

Che a lungo parlò.

Le parole *solidarietà nazionale*, *mercati*, *media*, risuonarono più e più volte tra le affrescate pareti, ma ancora di più le parole *sicurezza, terrorismo, tolleranza zero*, sommerse dagli applausi di Modernisti e Intransigenti.

«Alla sicurezza si può sacrificare un po' di libertà. E si deve: pugno di ferro e guanto di velluto» fu il finale sigillo oratorio dell'Accademico alla solenne adunanza, che tra applausi ed evviva plebiscitariamente si concluse.

Notizie di fuoriluogo armati, che – trovando complicità all'interno – nottetempo penetravano nella city minacciandone beni e sicurezza, tornarono a riempire le prime pagine.

Il vero allarme sociale si diffuse a Nordìa dopo l'assassinio dell'Alto Funzionario modernista, freddato da un colpo di pistola, mentre accompagnava la figlia a scuola; la matrice terroristica – riconducibile a una complessa rete con ramificazioni anche all'estero – fu subito individuata.

Unanime fu il compianto, e incondizionata la solidarietà degli stati occidentali di Stranìa, che offrirono mezzi e supporti logistici, impegnandosi a individuare tra i fuoriusciti politici eventuali cellule; e, in caso di conclamato coinvolgimento, instradarli a Nordìa.

Un grande riserbo copriva le indagini, a tempo debito – promettevano commissioni d'inchiesta e autorità giudiziarie – sarebbero stati rivelati nomi, fatti, modalità, e ogni minimo dettaglio.

Nonostante la segretezza continuamente sui media di tutto il mondo si rincorrevano notizie e smentite, fino a quando su *Nordìa Press* apparve un articolo a tutta pagina, dal titolo *L'affaire Massa: una destabilizzante bufala;* dove, con approfondimenti e servizi fotografici che occupavano tutto il quotidiano, veniva dettagliatamente ricostruita la *vera* storia della scomparsa di Rita Massa e di Lucio Magis.

In realtà non c'era nessun'*affaire* – sosteneva l'articolo – tutto era iniziato con una transazione notarile di un attico in uno storico palazzo della city, un testamento a favore di Rita Massa rivelatosi poi un falso.

Abitando nell'appartamento sottostante, l'Accademico Craverio, messo in allarme dagli strani costumi e dalle inquietanti frequentazioni della nuova proprietaria, ne aveva controllato movimenti e corrispondenza, scoprendo che a lei facevano capo tantissime e-mail, in partenza e in arrivo dal nord e dal sud di Stranìa, con la continua richiesta di informazioni botaniche su piante esotiche e indigene; si trattava in realtà di un codice di comunicazione tra i terroristi, camuffato da linguaggio botanico, che l'Accademico era riuscito a decifrare, portando le autorità competenti all'individuazione dei referenti all'estero. Tra essi, nell'estremo sud di Stranìa, il terrorista Mhatzi, l'esecutore materiale dell'assassinio dell'Alto Funzionario; grazie a connivenze interne, era riuscito a entrare clandestinamente a Nordìa e, dopo il delitto, a ritornarsene indisturbato nel suo paese.

Il disegno sovversivo – la cui mente progettante si trovava all'estero – era stato sventato prima che prendesse piena forma di azione, e tempestivamente fronteggiato, salvando tante vite umane e il nuovo corso politico di Nordìa. E del tutto smascherati Rita Massa e Lucio Magis; la loro presunta scomparsa – che per mesi aveva ingannato l'opinione pubblica internazionale – costituiva il nucleo mediatico dell'attacco sovversivo, di cui i due, a Nordìa, erano supporter. E anche la supposta autobiografia della donna, un falso: costruito ad arte, per fare da cassa di risonanza alla loro scomparsa, sollevando l'indignazione dell'opinione pubblica internazionale.

A rivelarlo le dichiarazioni dei dissidenti pentiti. E ad attestarlo un pool internazionale di critici, editor, linguisti, che ne avevano analizzato la scrittura, esplorando lessico, sintassi, significati espliciti e reconditi; inattendibile e contraddittorio il libro – avevano autorevolmente sentenziato – che altro non era se non il prodotto di un collage di testi, scritti da mani diverse e abilmente assemblati.

Per due interi mesi la notizia della fallita cospirazione continuò ad alimentare tivù, giornali, rete, mentre tutti coloro che avevano avuto a che fare, anche indirettamente, con Rita e Lucio – persino la parrucchiera, dove lei si tingeva i capelli, e l'addetto al posteggio vicino al Teatro Lirico, dove quotidianamente Lucio parcheggiava la macchina – si alternavano in talk show, opinioni, simulazioni d'atto.

La più seguita nelle frequenti apparizioni televisive – e la più richiesta dagli sponsor pubblicitari – era Cinzia Rocca che si diffondeva in intriganti racconti sulla vita privata della sua ex amica: amici, amori, viaggi; uno share che toccò percentuali vertiginose quando mise in scena un corredo di video e foto imbarazzanti del viaggio – fatto anni prima insieme a lei – nel profondo Sud di Stranìa, diventando involontaria complice del rapporto tra Rita Massa e il terrorista Mhatzi. Alla luce della scoperta congiura, sguardi, biglietti, intese, acquistavano però una valenza più politica che erotica: l'eros era solo una copertura. «Del resto – concludeva nell'intervista – un giovane poco più che ventenne sebbene fuoriluogo, come può desiderare una con il doppio dei suoi anni, sebbene bianca?».

A tenere mediaticamente banco per due mesi fu soprattutto la promessa di uno scoop che avrebbe messo definitivamente a tacere ogni speculazione politica sulla presunta scomparsa. Rimandato, però, di giorno in giorno, di settimana in settimana, mentre l'attesa dell'universo mondo si faceva sempre più spasmodica.

Che, esattamente a un anno di distanza dalla telefonata notturna di Assia a sua madre, ebbe finalmente termine.

Dodici

In attesa che lo *special* iniziasse, Mauro Testa rileggeva per l'ennesima volta l'autobiografia della sua ex moglie.

Che era anche la sua, e di tutta una generazione, che nel trapasso dell'epoca si era persa nei labirinti delle contraddizioni, affondando nelle infide acquemorte del privato, o, come lui, in cerca di un *altrove* in un punto imprecisato della storia futura, mentre notte e nebbia attraversavano oceani e meridiani, anche in tutta Stranìa avvolgendo metropoli e viventi.

Lo vedeva negli occhi indifferenti dei suoi studenti; nei libri di Attilio Craverio – le nuove bibbie del terzo millennio – i cui diritti gli editori accanitamente si disputavano; nella cancellazione mediatica di Rita e del suo libro, rinnegato anche da quelli, che, appena pubblicato, avevano gridato al caso letterario, giudicandolo un capolavoro.

La prima volta che, ancora manoscritto, l'aveva letto, era rimasto senza fiato davanti alla passione di verità e alla leggerezza di parola di quella scrittura: c'era in essa, tutta intera, la ragazza dei suoi vent'anni.

Quando, all'inizio del loro rapporto, le aveva regalato il libro di Valéry, Rita qualche giorno dopo aveva ricambiato con uno di Novalis, *Enrico di Ofterdingen*, che lui aveva accettato con sufficienza e letto con sopportazione; fortemente irritato dalla storia di quel poeta medievale in cerca dell'inaccessibile mistero del *fiore azzurro*.

Ne avevano discusso a lungo, rabbiosamente. Un lusso per anime belle, il tuo *Blaue Blume*, furente le aveva urlato.

Che – adesso lo capiva – era invece il nome perduto di quell'utopia, che un tempo insieme avevano cercato. E con nomi diversi avevano chiamato. E smarrito: sempre più divaricati e soli affondando nell'opacità.

La rivide, minuta e provocatoria, di notte per le strade di Leviana: un parlare fitto e acceso, che lei a volte di colpo troncava, correndo, nascondendosi da qualche parte, gridando verso il cielo a tutta gola la sua gioia. Si ritrovava spiazzato a parlare da solo. I passanti si voltavano. Qualcuno apriva la finestra, vociando. Lui rallentava il passo, fingendo di non conoscerla.

E, più tardi, a letto, costretta a riscattare la sua colpa! Ridevano fino alle lacrime: era il gioco di farfalla pazza e orso pensante.

Sentì una profonda pietà per l'irrevocabilità di quel già stato. Per Rita. Per se stesso. Per le derive di camminanti in un tempo senza avvento; compresse, senza identità, come la folla di ombrelli, occhi, facce indistinguibili, nelle foto in bianco e nero prima dell'Epoca.

Tutto il mondo ormai era Nordìa: la finanza si era fatta stato planetario, tutto occupando – politica, media, coscienze – in un presente dopato da reality-fiction e sondocrazia. E i resistenti sempre più minoranza, marginalità.

Dopo l'assassinio dell'Alto Funzionario, la polizia aveva fatto irruzione a casa sua, controllando cassetti, computer, appunti; lui e Assia erano stati portati in centrale, e interrogati. Tre volte in due mesi, mentre si faceva sempre più insistente la voce che gli avrebbero tolto lo stato di rifugiato, e consentito l'estradizione.

Mimetizzarsi, cambiare identità, andare via.

Dove? Perché? si domandava, continuando a sfogliare il libro di Rita: non c'era più nessun altrove dove andare.

Si fermò sulla citazione – messa a epigrafe nell'ultima parte del romanzo – a cui prima non aveva fatto molto caso: «Egli era un fantasma isolato, che proclamava una verità che nessuno avrebbe mai udito, ma finché avesse continuato a proclamarla, in qualche misterioso modo l'umana catena non si sarebbe spezzata».

Parole che continuava a ripetersi a mente, mentre al richiamo perentorio di Assia – *sbrigati, lo special sta cominciando* – si affrettava verso l'altra stanza.

Giugno di luce estiva a Nordìa. E di invernale mezzanotte nel profondo sud di Stranìa.

Ma da una parte all'altra del globo terracqueo assetati occhi e fameliche orecchie sono in vibrante attesa dello *special* in mondovisione, che metterà la parola fine all'*affaire Massa*.

Anche Assia e suo padre stanno come ingessati davanti alla tivù.

E all'improvviso il mondo si fa silenzio e occhi, mentre sugli schermi comincia a guizzare la policromia di pesci coralli madrepore...

... l'immemore blu di un mare tropicale e una piccola isola in lontananza.

Che s'ingrandisce sempre più.

Sempre più nitida e piena di dettagli: la striscia bianchissima della sabbia, il verde intricato di cocchi e mangrovie, un ristorante su palafitte nell'acqua. E tanti cottage tra spiaggia e vegetazione.

Da uno in prima fila un uomo e una donna escono: lei indossa un bizzarro prendisole di seta verde, lui in short e camicia a fiori. Accostano la porta, s'incamminano verso il ristorante.

Si voltano: sono loro.

Una mano spinge la porta del cottage: mobili, abiti, giornali disordinatamente in giro. Fruga tra pareo, costumi, doposole, apre cassetti: block notes, scontrini, un'agenda elet-

tronica, un bauletto pieno di chincaglierie. Dentro, in un occultato doppiofondo, due schede identificative. I nomi e le foto digitalizzate di Rita Massa e Lucio Magis, si dilatano, certi e indubitabili, in primissimo piano.

La mano riaccosta la porta.

Le sagome dei due terroristi s'intravedono a un tavolo del ristorante: fumano, parlano...

... mentre la guizzante policromia di pesci coralli madrepore torna a scorrere sugli schermi, e il villaggio globale tutto si riaccende.

«Non si tratta di una fiction. L'Autorità Internazionale della Comunicazione – di cui fanno parte eminenti personalità di Nordìa e di Stranìa – ha attestato l'autenticità di queste immagini. Agenti della Sicurezza travestiti da viaggiatori – dice la voce emozionata dello speaker – per mesi ne hanno seguito le tracce, fino a quando hanno individuato e nascostamente ripreso i due presunti scomparsi, Rita Massa e Lucio Magis. Vivi e al sicuro, in un atollo di uno stato canaglia dell'Oceano Orientale, terrorista e amico di terroristi, che ne rifiuta l'estradizione – conclude vibrante lo speaker. – Ma l'indignazione dell'opinione pubblica internazionale cresce, e le grandi potenze si preparano, compatte a...».

Assia ha seguito lo *special* col cuore in rivolta, «Quel vestito verde! Era nell'attico. E me lo sono provato!» grida.

Mauro Testa lancia contro lo schermo il pesante trofeo di un'onorificenza scientifica, ricevuta qualche tempo prima. «Dobbiamo fare presto. Tra poco saranno qui» mormora.

Quinto movimento
Dell'uomo fenice

Il loro occhio, il solo, rimasto a guardare.

P. J. JOUVE

Tredici

Serenamente dormiva Nordìa.

Dormivano pub e ipermercati, bambini e operatori di commercio, e, dopo mesi insonni, serenamente dormiva anche l'Accademico Craverio nel suo appartamento del condominio di Via della Notte, finalmente senza calpestii notturni e diurni sopra la testa, cigolii di materassi, fumo di sigarette.

Ordine e pace erano tornati nella città tutta dove, con l'applicazione della *smart dust* anche negli interni e l'approvazione di un pacchetto di leggi speciali antiterroristiche, era stato portato al massimo il livello di sicurezza.

Di giorno l'Accademico aveva ripreso le sue sudatissime carte sulla storia del palazzo, ma si era bloccato su un punto, indeciso tra cancellazione e interpretazione: la scoperta, in una pianta di fine settecento, di una grande sala, con colonne e affreschi allegorici, zeppi di squadre, piramidi, compassi, occhi triangolari. Non riusciva a crederlo: la sovversiva massoneria, proprio lì, al centro del suo palazzo. E qualche suo antenato a promuovere insurrezioni, disordini, a cospirare. Decise infine per la cancellazione.

Aveva ripreso di tanto in tanto le sue estemporanee incursioni fuori città e le sue abituali passeggiate settimanali, fino al Circolo degli Intransigenti, che si era aperto al nuovo, di tanto in tanto ospitando dibattiti e tavole rotonde con esponenti modernisti; di fronte all'attacco di fuoriluogo e sovversivi, in tutti – Modernisti e Intransigenti – in nome del sovrano interesse nazionale, si era rinsaldato il sentimento di collaborazione.

«Poca favilla gran fiamma seconda», non si stancava di ripetere l'Accademico durante quelle conversazioni, solennemente citando il Sommo, di cui però in scuole e biblioteche circolava solo una *vulgata* epurata da invettive, contestazioni e innominabili trasgressioni. Perché bisognava continuamente vigilare, impedire l'esplodere del caos sempre in agguato nell'apparenza della normalità: proprio lì, tra le pieghe dell'ordine, spesso s'annidava il pericolo.

Lui aveva capito subito che c'era qualcosa di sospetto nella nuova proprietaria dell'attico, refrattaria a ogni richiamo e deliberazione condominiale, e ne aveva dato immediata notizia alla Sicurezza, che inizialmente non aveva preso in seria considerazione la cosa. Compatendolo quasi: un vecchio passatista, che non capisce il nuovo. Non capendo loro, invece, che non si trattava di non capire, ma di non confondere flessibilità con lassismo, intelligenza politica con debolezza di mano.

Solo davanti all'inoppugnabile prova di quel manoscritto, erano intervenuti i Servizi: catturati e silenziati per sempre l'ex giornalista e il tenore liberal. Lei internata a vita in un CFR e trattata. Lui morto alcuni giorni dopo, durante un interrogatorio.

Nonostante l'assoluta segretezza dell'operazione e la semplicità d'intervento, poco c'era mancato che durante l'arresto tutto andasse per aria.

Con la donna non c'erano stati problemi: col pretesto dell'incidente al suo compagno, c'era andata con i suoi piedi nei sotterranei attrezzati della Salus. E da lì subito portata nel CFR.

Qualcosa invece col tenore non aveva funzionato. All'uscita dalle prove il cantante non si era presentato, come sistematicamente faceva, al parcheggio vicino al Lirico per riprendersi la macchina. Gli uomini dei servizi, appostati per bloccarlo, lo videro allontanarsi velocemente tra i vicoli a ridosso del teatro. Costretti perciò a uscire allo scoperto. Quando lo raggiunsero, dovettero usare le maniere forti per farlo smettere: si divincolava, gridava, chiamava gente. Per fortuna era buio e nessuno l'aveva riconosciuto; un ladro colto in flagrante, dissero a chi trovandosi a passare aveva assistito alla scena.

Ma con troppa superficialità inizialmente era stata gestita tutta la cosa, consentendo anche alla figlia di ritornarsene tranquillamente a Stranìa con il manoscritto.

Sexy come sua madre, la ragazza, ma a differenza di lei – che con quelle manette d'argento a forma di bracciale l'aria da puttana ce l'aveva – travestita da verginella. Aveva raccomandato all'Alto Funzionario di concederle un altro permesso, per studiarla più da vicino, smascherare quella falsa virtù, ma la ragazza non era più ritornata nell'attico.

Non riusciva ancora a togliersi di mente il suo volto, le gambe scattanti, il movimento leggero del seno su cui, al ritmo del respiro, oscillava un grosso ciondolo di giada. Asimmetrico, inquietante, rispetto alla discrezione dell'abbigliamento: strapparglielo dal collo, pestarlo sotto i piedi, e lei in ginocchio a implorare.

A pensarci, forse avrebbe dovuto analizzarlo meglio, quel ciondolo. Troppo vistoso e improbabile su quel collo; il giorno che era venuta nell'attico, invece, un classico giro di perle.

Forse in quel ciondolo... ma no, impossibile, si rassicurava l'Accademico.

Come la giovane ricercatrice avesse recuperato quel manoscritto – perché lei era stata: su questo non aveva dubbi – restava per lui un allarmante mistero; nessun file, nessuna pagina, nessun supporto di memoria, era sopravvissuto alla radicale ripulitura del computer fatta dalla Sicurezza. Non fidandosi, era andato di persona a verificare: il lavoro era stato fatto alla perfezione.

A meno che qualcuno tra gli stessi tecnici, o nei Servizi...

Troppe le coincidenze: il tenore che non si era presentato al parcheggio; la ragazza che se ne era ritornata a Stranìa con quel manoscritto; e la frequente fuga di notizie... Una spia, un infiltrato forse.

Un'ipotesi che gli dava la vertigine.

Dopo la pubblicazione di quell'autobiografia, la sua convocazione al Castello. E tutti a supplicarlo: Modernisti e Intransigenti.

La strategia che aveva suggerito era stata vincente.

La sua superiorità politica riusciva sempre a colpire nel segno: un intransigente, ma con la flessibilità di un modernista se necessario. Sua era stata l'idea del complotto terroristico, all'interno del quale ogni cosa aveva trovato una precisa giustificazione: l'assassinio dell'Alto Funzionario, le confessioni dei pentiti, l'autobiografia di Rita Massa fatta passare per bufala, e la scomparsa dei due. E il suo capolavoro: lo *special* in mondovisione su quella scomparsa; un boomerang per il movimento di mobilitazione internazionale.

Adesso posso morire tranquillo, ripeteva compiaciuto ai camerati del circolo e a se stesso, benché, pensava tra sé e sé scuotendo il capo perplesso, non si sa attraverso quali canali di tanto in tanto riuscivano a penetrare a Nordìa fuoriluogo di ogni tipo – zingari, neri, anarchici, libertari.

Individuati e internati, altri ne rispuntavano. Una vera e propria guerra, con le sue tregue e le sue furie.

Non avevano comunque da stare allegri i nemici di Nordìa, concludeva tra sé e sé l'Accademico, riguardando compiaciuto allo specchio il rigore certo e inquisitorio dei suoi occhi: lui era l'uomo-fenice, quando meno se lo aspettavano risorgeva.

In forma di mansueto agnello, a volte. A volte di terrifico drago.

Postfatto

Ammiro gli eretici che nella notte cercano
di ascoltare la risacca dell'avvenire.

CHRISTIAN PETR

Il nome che, alto, sopra il cancello luccicava, era estremamente rassicurante e faceva da verbale controcanto al paesaggio alpino di abeti innevati e laghetti blu, immoti come occhi inconsapevoli: un mondo immemore e incantato come all'inizio dell'inizio di ogni tempo.

Un lunghissimo viale portava agli invisibili blocchi di massicci e squadrati edifici affondati in quel verde; solitamente era deserto, tranne il giorno dell'annuale anniversario della *Rifondazione dell'Epoca*, quando un importante rappresentante istituzionale lo percorreva tra due ali di acclamanti smemorizzati; periodicamente riprogrammati si mettevano in movimento sonoro appena il led luminoso si accendeva, mandando impulsi trasmessi al loro cervello dai microsensori sottopelle; desueti sistemi di smemorizzazione da qualche tempo dismessi, e applicati solo nei casi più disperati. Ormai da anni, per omologare pensiero e consumi, era in atto in tutto lo stato di Nordìa un piano di generale igiene sociale; ogni mattina da grandi depuratori – che gli ignari cittadini scambiavano per enormi silos – venivano spruzzati e diffusi nell'aria potenti getti di amnesina.

Solo in quell'annuale occasione gli smemorizzati affollavano gaiamente il viale manifestando gioia e gratitudine, per tutto il resto dell'anno era difficile trovare in giro qualcuno. Mezzi di servizio, personale medico, paramedico e ricercatori, entravano e uscivano da un ingresso laterale, di generazione in generazione trasmettendosi in grande segretezza procedure di delete e di riprogrammazione. Che nel novantanove per cento andavano sempre a buon fine: i trattati vivevano paghi, girando gaiamente in tondo, imboccandosi l'un l'altro in una smemorata animalità; tutto per loro era solo presenza, senza passato e senza futuro.

Ma c'era un inquietante uno per cento di resistenti a inceppare l'ingranaggio, su cui, senza riuscire a venirne a capo, si accanivano ricerche e interventi; un tormentoso cavillo per scienziati e genetisti, le resistenti tracce mnesiche di suoni articolati – introvabili nei libri di storia e nei vocabolari – di cui nessuno a Nordìa, né scienziati, né comuni mortali, riusciva a decifrare il senso. Che un oscurato senso però dovevano avere.

E infinita la ricerca – in gangli, cellule, connessioni nervose, labirinti intestinali – per trovare il punto esatto di quel nucleo di materia rifrattaria; e intervenire.

Non si trattava di complessità di pensiero, a volte solo di una parola, che in quelle oscurate complessità di intelletto riemergeva. Che, però, se lasciata libera poteva dar luogo a un incontrollabile e anarchico percorso di suoni e sensi.

Di cui per fortuna né a Nordìa, né negli altri stati fratelli di Stranìa – per i quali essa era stata laboratorio politico e modello – c'era ormai alcuna traccia.

Il blocco dieci era il luogo dove queste creature resistenti venivano studiate e tenute costantemente sotto controllo.

Ce n'era una tra esse, vecchissima, smemorizzata di nome e identità – nessuno sapeva più che cosa avesse fatto, né perché fosse trattata – che ossessivamente ripeteva un suono: un monosillabo, dolorosamente conturbante, di cui però né personale medico e paramedico, né scienziati e ricercatori conoscevano il significato.

Risalendo da bui abissi interiori, il monosillabo rifioriva rotondo e misterioso sulle labbra della vecchissima smemorizzata, che si diceva avesse cent'anni. «No!», gridava la vecchia, e implorava, si incazzava, piangeva, come se in quella brevissima parola ci fosse contenuta tutta la fame, la sete, la rabbia, il dolore, la sofferenza del mondo.

A volte alimentata artificialmente. Chiusa. Bendata. Tutta quanta – dentro e fuori – spruzzata di amnesina. Invano: incomprensibilmente resisteva. Continuando a traboccare, atono e potente, dalla sua mente, quel *No* si propagava per sotterranee vibrazioni, oscuri transiti, dilatandosi in onda di incontrollabile contagio.

A distanza, nel tempo e nello spazio, accendendosi in suono, in senso di parola.

A volte quel monosillabo giunge nell'accampamento immerso nel sonno, tocca l'udito e la mente di un dormiente.

Che si sveglia. Velocemente indossa scarpe e tuta, e lo segue – in un lungo e accidentato cammino: a volte clandestino a volte in piena luce – quel risuonante *No*.

Nota dell'autrice

Di scritture e riscritture

Nel mese di settembre del 2008 ricevetti una telefonata di Antonio Sellerio; mi chiedeva di scrivere un racconto per un libro collettivo che si incentrava sullo «straniero». Un tema che mi toccava moltissimo, ma che da poco avevo già trattato in *Dall'Atlante agli Appennini*; protagonista ne era infatti un ragazzo marocchino, che, come il suo deamicisiano e ottocentesco antenato – il racconto è la riscrittura di *Dagli Appennini alle Ande* –, decide di partire in cerca della madre emigrata e scomparsa in Italia, attraversando onde e disperazione di clandestino.

Ero propensa, perciò, a rispondere di no. Ma presi tempo.

All'improvviso, qualche giorno dopo, l'illuminazione. A soccorrermi creativamente fu la narrazione delle vicissitudini condominiali dei miei amici Maurizio e Luciano: a partire da sette foglie secche cadute dal verdeggiante terrazzino milanese della casa, dove avevano appena traslocato, nel sottostante balcone; con la sequela di accanite rimostranze della vicina, e l'allerta per i nuovi venuti del condominio tutto.

La letteratura è esplorazione del nome, scrive Roland Barthes in *Critica e verità*, essendoci dentro i pochi suoni di un nome tutto un mondo da esplorare e tradurre in testo. Attorno a quelle sette foglie e alla parola *condominio* si coagulò il nucleo del racconto *Il decalogo di*

Nordìa, che si affiancò agli altri nel libro selleriano del 2009, *Il sogno e l'approdo*.

Come mi era già accaduto per *Il falsario di Caltagirone* – anch'esso nato da un racconto – quella storia però continuava a girarmi in testa, a inquietarmi; vi avvertivo qualcosa di non del tutto esplicitato rispetto alla mappa dell'alterità – sempre più inclusiva di ogni diversità: etnica, ideologica, culturale – in un mondo che *riesce a farsi passare come l'unico mondo*; dove – afferma Umberto Galimberti – «l'omologazione degli individui raggiunge livelli di perfezione tale che i regimi assoluti o dittatoriali delle epoche che ci hanno preceduto lontanamente avrebbero sospettato di poter realizzare».

Sconvolto, dilatato, alterato da ciò che nel frattempo accadeva attorno a me, quel racconto si è complicato di situazioni e personaggi diventando romanzo.

Per quanto mi riguarda, l'ideazione creativa, per farsi testo, non può che uscire dalla solitudine del *prima dell'opera*, lasciandosi attraversare da libri, strade, notizie di guerra, odori di frittura; dallo spirito del tempo, che si fa quotidiano, e nome del quotidiano, operando talvolta – nella centralità armata dell'economia globale – un allarmante ribaltamento di senso nella consuetudine del dire.

Il termine *voliera*, ad esempio, mi ha sempre richiamato alla mente la grande voliera della villa comunale del mio paese, dietro cui – nella mia infanzia anni cinquanta, di freddo e vestiti rivoltati – mi fermavo a guardare estatica voli e cinguettii; e, gioia di ogni gioia, la ruota iridescente del pavone. Alcuni mesi fa sono rimasta perciò del tutto spiazzata dalla lettura di un articolo della rivista *Wired:* con tale termine veniva indicato una sorta di hangar in una base militare dell'Ohio, dove sostano decine di *microdroni* sperimentali dalla forma di insetti metallici di pochi centimetri. Nel 2030, in Usa, si prevedono interi sciami di mosche, libellule, farfalle, dotate di sensori e microcamere, in attività di universale sorveglianza su uomini e mondo.

Durante la scrittura di *Il condominio di Via della Notte* mi ha costantemente accompagnato un'immagine: lo scenario è una cella del penitenziario di Fort du Taureau, dove un uomo, condannato all'ergastolo, scrive di astri e cosmogonie, del fatale accadere di una materia che eternamente si ripete, uguale in un'infinità di universi uguali. Quell'uomo è Louis-Auguste Blanqui, e il libro che sta scrivendo sarà pubblicato a Parigi l'anno dopo, nel 1872, col titolo *L'éternité par les astres*.

Tra i lettori di questo libro, singolarissimo e visionario – pochi, sottolinea Fabrizio Desideri, il curatore di un'edizione italiana di qualche anno fa – c'è stato anche Walter Benjamin, che in quell'eterno ritorno vide la rassegnazione di chi, registrando la definitiva sconfitta storica di ogni utopia, la trasforma in un'allucinata fatalità cosmica.

Nel mio teatro mentale quell'uomo – che tra una rivoluzione e l'altra ha già passato circa 22 anni della sua vita in carcere, e ancora altri ne passerà; che, uscitone per motivi umanitari, vecchio e malato non dismette, ma fonda un giornale di un estremo radicalismo di sinistra, *Né Dio né padrone* – quell'uomo, con la scrittura de *L'eternità attraverso gli astri,* non dà *un addio alle armi*, non dismette la rivoluzione; cercando invece un punto di fuga, un varco, in quella situazione di coazione esistenziale e storica in cui in quel 1871 viene a trovarsi.

Che, pur tra quell'infinita replicazione di astri e umanità, riesce a trovare. «Ogni globo – scrive Blanqui – in qualche modo possiede una sua particolare umanità, con la stessa origine e lo stesso punto di partenza di ogni altra, ma che poi lungo il cammino devia per mille sentieri, approdando così a una vita, a una storia diversa».

Un piccolo varco, uno spiraglio di libertà nell'agire umano, che, anche adesso – in questo tempo qui – consente la riscrittura del *possibile.*

Qualche chiarimento testuale

Antefatto

«*L'amore è la libertà di dire cose stupide*»: in realtà è il molto raziocinante protagonista del romanzo *Monsieur Teste* di Paul Valéry a pronunziare questa frase.

La paternità dell'apologia del linciaggio, messa in bocca all'immaginario Attilio Craverio, va doverosamente ricondotta al reale ma ormai defunto professore Gianfranco Miglio – teorico di padania e padani – che al tempo di *Mani pulite* la pronunziò al Senato.

Orània è un'esistente, ma del tutto sconosciuta cittadina, fondata nel 1990, i cui abitanti «*Tutti bianchi. Tutti boeri. Tutti puri*» vivono in un volontario apartheid in Sud Africa, ai margini del deserto del Karoo. Ho trovato il nome e le notizie nel libro di Gian Antonio Stella *Negri Froci Giudei & Co.* (Rizzoli, 2009). Libro prezioso di informazioni, dove ho anche recuperato, essendovi evidenziata, la figura – estremamente suggestiva – del *Ministro della paura*, inventata dal comico Antonio Albanese. Lode ai comici!

Nel libro *Il corpo come testo* (Bollati Boringhieri, 2008), l'autore, Francesco Migliorino, attraverso una ricerca in ambiti diversi, analizza i segni tracciati e lasciati sul corpo dalle tecniche e dalle pratiche del diritto – leggi, discipline, punizioni, interdizioni. Nel capitolo dal titolo *Bonifica umana*, li rintraccia attraverso l'esperienza del manicomio criminale quando «la questione criminale diventa un problema di bonifica sociale», ricostruendo, attraverso gli occhi e la narrazione di un internato, la storia dell'inaugurazione del manicomio criminale di Barcellona Pozzo di Gotto, avvenuta nel 1925.

Primo movimento

Il potere, ogni potere, tende a emendare faziosamente la storia, a riscriverla. Ho avuto perciò un sobbalzo, la mattina dell'11 aprile del 2011, alla notizia della richiesta – avanzata da 19 deputati della maggioranza, e supportata dal Ministro della Pubblica Istruzione del tempo – dell'apertura di una commissione d'inchiesta per verificare l'imparzialità dei libri di storia. Sotto accusa gli autori di testi «faziosi» e indottrinanti, di cui si allegava un puntuale elenco. Un indice dei libri da proibire.

Esterrefatta, quella mattina: non solo per la possibilità di accoglimento di una simile richiesta, ma per la sua stessa *pensabilità* in una democrazia.

L'espressione «*Limpieza de sangre*» si trova in un questionario fondato su criteri inquisitoriali che ancora nel XIX secolo – scrive John Edwards in *Storia dell'Inquisizione* (Oscar Mondadori, 2006) – chi aspirava a entrare nel *Colegio Mayor de Fonseca* di Santiago doveva compilare; condizione indispensabile per gli aspiranti era che fossero assolutamente privi di qualsiasi parentela con ebrei, moriscos e conversos. *Limpieza de sangre*, che anche con le leggi razziali, in Europa nel Novecento, trovò tremendo diritto di cittadinanza. E anche adesso, in pieno duemila: progetti di trattamenti speciali, doppia legislazione e proposte di apartheid per gli immigrati. Per difendere frontiere, razza e civiltà, si dice.

La forza della scrittura può far produrre infiorescenze azzurre anche alla *Protea Re*, che li fa di ogni colore, tranne quello.

Secondo movimento

Inquisitore d'astuccio è un esplicito richiamo – sebbene in una significazione totalmente diversa – al titolo della novella *L'uomo nell'astuccio* di A. Čechov, che è stata la mia amica slavista Caterina Valentino, dopo aver letto il manoscritto, a indicarmi.

La fragola zen rimanda alla diciottesima delle *101 storie Zen* (Adelphi, 1973), dal titolo *Una parabola*, che trascrivo per intero.

«In un sutra, Buddha raccontò una parabola: un uomo che camminava per un campo si imbatté in una tigre. Si mise a correre, tallonato dalla tigre. Giunto a un precipizio, si afferrò alla radice di una vite selvatica e si lasciò penzolare oltre l'orlo. La tigre lo fiutava dall'alto. Tremando, l'uomo guardò giù, dove, in fondo all'abisso, un'altra tigre lo aspettava per divorarlo. Soltanto la vite lo reggeva. Due topi, uno bianco e uno nero, cominciarono a rosicchiare pian piano la vite. L'uomo scorse accanto a sé una bellissima fragola. Afferrandosi alla vite con una mano sola, con l'altra spiccò la fragola».

Debbo a Nicola Prosatore – un mio giovane amico regista – l'acquisizione del termine *mockumento*, che indica, oltre a un genere cinematografico e televisivo, anche la produzione di un finto documento, che sembra reale ma è fiction: possiede le modalità espressive del documento, ma una totale arbitrarietà di contenuto; e a Josephine Pace – poeta e imprenditrice – la conoscenza dell'inquietante espressione *ottimizzazione dell'identità*, che catturò durante un meeting lavorativo; e, sapendo che stavo lavorando al manoscritto, subito mi comunicò.

La filosofa Agnes Heller, in un'intervista apparsa su *La Repubblica* il 18 marzo del 2011, denuncia la tremenda offensiva, legislativa e mediatica, alla libertà d'opinione del governo di destra ungherese contro gli *intellettuali critici*, definiti *banda liberal*, o più esattamente *banda Heller*, dal nome della stessa filosofa. Accusati di *reato mediatico* e messi alla gogna essi sono *denunciati e trattati come vengono trattati i criminali comuni.* «Assistiamo a un Kulturkampf, a un'offensiva del potere contro gli intellettuali – dice Agnes Heller. – La maggior parte delle personalità di rilievo dell'élite culturale è stata "eliminata"... È stata creata una commissione ad hoc, composta unicamente da esponenti del partito di maggioranza, con la missione di controllare e definire sanzioni nei confronti dei media, inclusa la carta stampata...»; concludendo: «la limitazione della libertà di stampa si può propagare come una malattia contagiosa, e bisogna fermarla fin dal manifestarsi dei primi sintomi».

Quarto movimento

«Egli era un fantasma isolato, che proclamava una verità che nessuno avrebbe mai udito, ma finché avesse continuato a proclamarla, in qualche misterioso modo l'umana catena non si sarebbe spezzata»: la citazione è tratta da *1984* di Orwell, «maestro e donno».

Quinto movimento

Non deve apparire strano l'aggettivo *sovversivo* accanto a *massoneria*. Prevalentemente antidispotica era nel Settecento, e, in certi suoi esiti, ideologicamente radicale. Materialista, comunista e libertario era, per esempio, il programma degli *Illuminati di Baviera*, alla cui loggia, fondata da Adam Weishaupt, furono affiliati anche Mozart e Goethe. A promuoverla in Italia fu un personaggio coltissimo e singolare, Friedrich Münter, che soggiornò a lungo in Sicilia e a Napoli, dove ebbe stretti contatti con tutti gli Illuministi – da Baffi a Pagano a E. Fonseca – che diedero vita alla Repubblica napoletana, con la sua caduta e il ritorno dei Borboni finendo tutti impiccati.

Quando ho completato la scrittura di questo romanzo, la curiosità mi ha spinto a digitare in Google le parole che ritenevo di mia invenzione – Nordìa e amnesina – che invece già esistevano. Centinaia i siti per Nordìa, che con tale nome promuovevano caldaie, saune, fuoribordo, materie plastiche, hotel e un'infinità di altre cose; ma Nordìa è anche il nome di una piccola città israeliana, fondata nel 1945 nella pianura di Sharon. La parola *amnesina* l'ha usata (e quindi – più o meno simultaneamente alla sottoscritta – individuata) il professore di Filosofia Teoretica dell'Università di Torino, Maurizio Ferraris, durante un'intervista al filosofo del linguaggio John Searle (art. «*Che cos'è la realtà?*», *La Repubblica* del 7 giugno 2011).

Nota bene. Un grazie a Maurizio Oriente e Luciano Martinengo, per il contributo ideativo, da cui prende le mosse il romanzo; ma anche a Roberto Gilodi, Giancarlo Maggiuli, Josephine Pace, Rachid Douggani, Nicoleugenia Prezzavento, Caterina Valentino, Giuseppe Oriente, Nicola Prosatore, che, dopo la lettura della prima stesura del manoscritto, si sono dati tutti da fare con notazioni critiche e puntuali ragguagli su ambiti a me un po' ostici. A Giovanni soprattutto: per il debito di vita e di scrittura, che gli devo.

Indice

Questo volume è stato stampato
su carta Palatina
delle Cartiere Miliani di Fabriano
nel mese di giugno 2013

Stampa: Officine Grafiche soc. coop., Palermo

Legatura: LE.I.MA. s.r.l., Palermo

Il contesto